超馬童話大冒險6

你是誰？

亞平／王淑芬／劉思源／林世仁／王家珍／賴曉珍／顏志豪／王文華●著
楊念蓁　等●繪

推薦序

八仙過海，各顯神通

林文寶 臺東大學榮譽教授

週末夜晚，我習慣在家觀賞歌唱節目，電視臺重金禮聘兩岸三地當紅歌手，為他們舉辦歌唱比賽。各自在市場上擁有千萬粉絲的明星們，被摘下光環，轉變成選手身分，必須在殘酷的戰場上相互較量。每個人各憑本事與實力，必須擄獲觀眾芳心，才能得到選票生存下來，否則將被無情淘汰，最後誰能存活就是冠軍。這儼然是歌唱版的生存遊戲，原本打算讓歌聲洗滌腦袋、徹底放鬆，卻意外跟著賽況起伏緊張。

如此巧合，字畝文化出版社來信詢問是否能為新書寫序，發現他們竟然是找來八位成名童話作家，依照同樣命題創作童話，完成的八篇作品，將被放在同一本書裡，

任由讀者品評，多麼有挑戰性！但也多麼有趣啊！這跟我所看的歌唱節目根本沒有兩樣，但似乎更有看頭！仔細閱讀整個系列企畫，才知道這是一個超級馬拉松的概念，意思是指這一群童話作家，歷時兩年，共同創作八個主題的童話，最後完成八本書，換言之，這場戰爭總共會有八回合，而這本書是第六回合，選題：「你是誰」。

果不其然，高手過招，精采絕倫，每位作家根本沒在客氣，毫無保留展現自己的堅強實力，表面客氣平和，但從作品水準可見，每一篇作品都拿出大絕招，無所保留，讀著讀著，連我這個老人家都沸騰起來。

八仙過海，各顯神通。八位作家，八種風景，八種路數，八種風格，真的讓我驚艷與驚喜。這場超級馬拉松，逼迫選手不得不端出最強武器，展現最厲害的招式。閱讀過程中，我或許真的可以理解，為什麼他們是這片武林中的高手？因為從他們的作品中，可以感受到他們稱霸武林的銳氣與才氣，他們獨一無二，他們無法取代，我想這或許也是他們成名的原因吧。

光有好選手是不夠的，字畝文化幫選手們打造了一個非常別緻的舞臺。書的設計相當有趣活潑，正文前面有作者的「冒險真心話」，每一位作家就是一位選手，一棒一個故事，一棒接過一棒，當最後一棒衝過終點線時，這一回合的比賽主題「陌生——你是誰」也在讀者的面前，淋漓盡致的詮釋與表現。這個企畫也讓我們感受到，後現代多元共生，眾聲喧嘩的最佳示範。

外行看熱鬧，內行看門道，這八篇故事都是傑作，各有巧妙，各自精采，我相信對於想創作童話的大朋友，或者想要如何寫好作文的小朋友，都有絕對助益。

不知劇情的演進會如何？請拭目期待！

出版者的話

一次品嘗八種口味的美妙童話

馮季眉　字畝文化社長

一個初夏午後，八位童話作家和兩名編輯，在臺北青田街一家茶館聚會。散居臺東、南投、臺中等地的作家迢迢而來，當然不是純為喝茶，其實大夥是來參加「誓師大會」的，因為，一場童話作家的超級馬拉松即將起跑。

這場超馬，源於一個我覺得值得嘗試的點子：邀集幾位童話名家，共同進行一場馬拉松長跑式的童話創作，以兩年時間，每人每季一篇，累積質量俱佳的作品，成就精采的合集。每集由童話作家腦力激盪，共同設定主題後，各自自由發揮。

稿約滿滿的作家們，其實一開始都顯得猶豫：要長跑兩年？但是又經不起「好像很好玩」的誘惑，更何況一起長跑的，都是彼此私交甚篤的好友，童心未泯的作家們也就迷迷糊糊同意了。畢竟，這一次，寫童話不是作者自己一人孤獨的進行，而是與當今最厲害的童話腦，一起腦力激盪，玩一場童話大冒險的遊戲，錯過豈不可惜？「誓師」當天，大夥把盞言歡，幾杯茶湯下肚，八場童話馬拉松的主題也在談笑中設計完成。

對作家而言，這是一次難忘的經驗與挑戰；對出版者而言，同樣是場大冒險。因為出版計畫的戰線拉得很長，而且出版方式也是前所未見：這系列童話，有如MOOK（雜誌書，性質介於雜誌 Magazine 與書籍 Book 之間），每期一個主題，每季出版一本，共八本。自二〇一九年至二〇二〇年，每季推出一集。

《超馬童話大冒險》系列八個主題，其實正是兒童成長過程中，必會經歷的人生習題，每一道習題，都讓孩子不知不覺中獲得身心發展與成長。小讀者細細品味這些故事的時候，可以伴隨書中角色一起探索、體驗，經歷快樂與煩惱，享受閱讀樂趣，並能體會某些事理，獲得成長。

各集主題以及核心元素如下：

第一集的主題是「開始」，故事的核心元素是「第一次」。

第二集的主題是「合作」，故事的核心元素是「在一起」。

第三集的主題是「對立」，故事的核心元素是「不同國」。

第四集的主題是「分享」，故事的核心元素是「分給你」。

第五集的主題是「從屬」，故事的核心元素是「比大小」。

第六集的主題是「陌生」，故事的核心元素是「你是誰」。

第七集的主題是「吸引」，故事的核心元素是「我愛你」。

第八集的主題是「結束」，故事的核心元素是「說再見」。

兩年八場的童話超馬開跑了！這些童話絕對美味可口、不八股說教。至於最後編織出怎樣的故事，且看童話作家各顯神通！

來吧，翻開這本書，進入超馬現場，一次品嘗八種口味的美妙童話！

聽聽悄悄話

英雄聯跑的大冒險真心話

亞平

創作童話，對我而言是件很孤獨的工作。自己一個人對著電腦發呆，或是長吁短嘆，或是滿心喜悅，或是奮力捶鍵，無論如何，都是一個人。

童話馬拉松的創作行伍，讓我感到：太棒了，吾道不孤！知道我在寫這篇童話時，也有幾個同伴一起孜孜矻矻，絞盡腦汁——這時，孤獨感會降低，革命情懷不自覺出現，當然，競爭感也來了：這個主題他們會怎麼寫？該不會我的作品最沒創意吧？寫童話真是一件有趣的事啊！

林世仁

難得跟這麼多童友「英雄聯盟」，我很想跟大家一塊合力，激起一次童話界的八級地震或八次驚艷（希望不是八次哈欠啦）。

可惜我寫出來的作品似乎不夠酷炫，沒達到「動作片」的強度。還好，其他七位童友寫得都很好玩、很好看。那麼，我的童話就請大家放慢腳步，輕鬆欣賞——因為「天天貓」是從我的童年遙遙遠遠回盪過來的。它不像我的其他童話，卻觸動了我的心弦。

賴曉珍

很榮幸參加字畝這次的「童話超馬大冒險」企畫案，也很高興能與多位童友合作。記得討論會那天，我從童友們的思考方式和提議學到很多，瞭解原來別人是這樣構思靈感與創作的，令我大感佩服。這也是我的「第一次」經驗，未來，我會創作一系列「黑貓布利與酪梨小姐」的故事，藉著他們的經歷與互動，告訴大小讀者何謂「情緒」。

王家珍

超馬童話從二〇一九年三月「開始」出版，「第一次」參加童話馬拉松，八個人聚「在一起」，分工「合作」以八個主題當作核心元素創作八個故事，出版八本書。在想像的世界裡，我們雖然「不同國」，卻沒有「對立」的煙硝味，迫不及待想與大家「分享」這些有趣的故事。

隨著年齡增長，體型「大小」、「從屬」關係都會改變，唯一不變的是愛與牽掛。我們用「你是誰」當作友誼的敲門磚，從「陌生」到深受「吸引」，最後說出「我愛你」，並肩展開改變生命之旅。天下無不散的筵席，旅程「結束」時，一定要好好「說再見」，謝謝一路相陪。

顏志豪

某天，飛鴿捎來一封信，「敝社將舉辦一場別開生面的童話擂臺賽，不知有無興趣？」

「擂臺賽？」

繼續往下讀，「我們邀請各路好手，個個武功高強，準備決一死戰，看誰能獨霸武林。」此時，眼前刀光劍影，干戈鏗鏘，內心翻騰澎湃。

戰前會當日，我已經備妥關刀，雄赳赳，氣昂昂，氣勢絕對不能輸人！這將是一場你死我活的戰爭，拼了！

王文華

當我獲邀參與這個計畫時，滿腦子想的都是，怎麼辦，怎麼辦，其他七個作家個個都很會寫故事，這下子……

「你先敷面膜。」我媽媽大概以為我是要去走秀。

「我是要寫故事。」

「那一樣不要比輸，我看，我去幫你買人參，燉隻雞，吃完你再寫？」

「如果來隻人參豬更好。」我腦海裡叮咚一聲，突然有個想法了……如果有隻小豬愛吃人參？或是人參愛上了小豬，用這題目來寫，其他人一定想不到？或是一群來自火星的動物，他們全都失業，需要找個新工作……

王淑芬

八位寫童話的作家，針對一個主題，各自寫故事。這件事情是好玩，還是好可怕呢？

可能很好玩，因為可以一次看到八種表演。例如，如果題目是「合作」，應該有人會寫成「合作才會成功」，但也有人會故意寫成「合作一定失敗」；作家就是喜歡讓人意想不到。

也可能好可怕。因為，萬一有兩個人竟然寫出幾乎相同的故事，表示作家之間也有心電感應，可怕！或是，萬一有作家讀完別人的作品後，發現自己寫的不夠好，於是一直哭一直哭，把長城都哭倒了，好可怕！

我接到這個任務時，花了五秒鐘，便決定要以「世界名著」來當題目。很多作家玩過「顛覆經典」的寫法，比如，把《三隻小豬》改成《三隻小狼和大壞豬》。我的寫法並不是這樣，而是「只有借用世界名著的書名」，故事內容反而與原著無關。我借用《老人與海》，寫成〈老人與海與貓〉；借用《紅樓夢》，寫成〈紅樓夢見白樓〉。

親愛的讀者，你要不要也找本世界名著，想想能把它改成什麼？

劉思源

「一加一等於二」是不變的數學公式，但創意的公式卻充滿變化，當八位童話作家一起奔馳想像大道，彼此碰撞，互相激發，勢將引爆無限的創意，而且從各種角度撞擊讀者，迸出燦爛火花。有幸參與這場狠有趣、狠挑戰、狠創意的童話接力賽，既緊張又痛快的和童友們盡情玩耍一場。

目錄

這個愛哭的傢伙

亞平

繪圖／李憶婷

從鼴鼠洞第88號教室出來，小鼴鼠們都有鬆一口氣的感覺。

「安全課」的麻老師太嚴肅了，動不動就拿狐狸、野狼、蛇、老鷹來嚇他們。沒錯，那是他們的天敵，可是，人生總不會那麼倒楣，處處都遇見敵人吧；即使遇到了又怎樣？鑽老師說得對，「一鑽天下無難事」。怕什麼呢？

麻老師只要聽到小鼴鼠們這樣回答，就會擺起臉孔，說：「知己知彼，才能百戰百勝。存著僥倖的心態，最要不得。」

小鼴鼠們只得低著頭，恭敬道：「麻老師，對不起，我們會專心上課。」

現在，下了課，小鼴鼠們好開心哪，紛紛嚷著要去地面上的小河邊吹吹風。

一群鼠沿著地道往上走，沒幾步路，麻老師出來大喊：「阿力，你過來。」

阿力苦著一張臉往回走。

阿發阿胖做了個等待的手勢。

阿力卻搖搖頭，指指上面。

「好吧，那就小河邊碰面囉！」三隻鼠點點頭，各走各的。

會被麻老師留下來，當然是因為考試考不好。果然，麻老師拿出上次平時考的考卷，開始對著阿力耳提面命一番。一輪話講完，已過了十分鐘。終於，麻老師擺擺手，要阿力走人，阿力往後退了兩步，轉身就走。這次，他不往上走，卻是往下走，「開玩笑，麻老師等一下也是往上走，萬一

又撞見了，豈不是又要重聽一遍？」

阿力來到第93號教室旁邊，他知道這裡有一條側地道，可以直接通往地面上的灌木叢。而且，這是一條直線地道，如果腳程快的話，搞不好，會比阿發、阿胖早到。

阿力順利走進側地道裡，開始往上走。

走了一會兒，發現有兩條岔路。

阿力只是聞聞嗅嗅了兩條地道後，馬上決定往左走。

往左的地道並不是直的走，而是橫的走，阿力愈走愈偏，他有些錯亂，現在是來到了哪裡呢？

突然，傳來一陣哭聲。

阿力嚇了一大跳，誰在哭？照理說，這條少為人知的地道應該沒有任何一隻鼠的。阿力有些害怕，但又按捺不住好奇心，他慢慢的往前走。

眼前出現一個從沒看過的龐然大物。

「你，你是誰？」阿力壯著膽子問。

「我是火球。」

「你為什麼哭？」阿力又往前走了一步。

「我被媽媽罵了。」

一聽到是被媽媽罵，阿力一副了然於心的表情，「哎喲，誰都會被媽媽罵的，這有什麼好哭？」

火球還是抽抽噎噎的。

「我剛剛也被麻老師罵，瞧，我都沒哭。」阿力聳聳肩。

「麻老師是誰？」

「是『安全課』的老師，他很古板。」

「我的媽媽也是我的老師。」火球說。

「哦，真倒楣。他對你的要求一定很嚴格。」

「很嚴格。達不到要求就罵我，還不准我哭，說『這樣很丟臉』。」

阿力拍了拍火球的肩：「可憐的傢伙。幸好我媽媽對我最好了。」

「你知道這裡是哪裡嗎？我要去小河邊找朋友玩，可是好像迷路了。」阿力問。

「我也迷路了，剛剛邊走邊哭，搞不清楚這裡是哪裡。」火球說。

「真是糟糕哇。」阿力嘆口氣，坐了下來。

現在，阿力有時間好好的看一看火球了。

他看到火球有翅膀、有鱗片、有長指甲、尖牙齒，阿力突然想到麻老師上課時教過的「關於敵人的特徵」。他忍不住問：「看你的長相，我覺得你好像是噴火龍啊！」

「是啊，我是一隻噴火龍啊！」火球點點頭。

「太棒了，」阿力高興的站起來，「我竟然碰見了一隻噴火龍，我真的碰見噴火龍了。完完全全，不敢相信哪！」

阿力先摸摸火球的翅膀，再摸摸火球的鱗片和指甲，激動叫喊：「非常堅固，像是銅牆鐵壁一般，噴火龍果真不同凡響啊。」

看見火球好奇的看著他，阿力不好意思的解釋：「長久以來，我和朋友們一直在爭論，地底下到底有沒有噴火龍。我說有，朋友卻說沒有，現在遇見你，證明我是對的，你知道我心裡多開心了吧！」

「而且，麻老師也說過地底下有噴火龍活動的跡象。如果我帶個證據給他看，哈哈，麻老師一定樂瘋了，不管平時考還是期末考，全部一百分過關。」阿力想到這裡，更是得意的吹了吹口哨。

「什麼證據？」火球問。

「這就看看你要給我什麼啦，鱗片、指甲都可以。」

「不行，拔下來很痛。」

「那麼，」阿力眼睛轉了一圈，機伶的說：「噴火，噴火給我看。我最想看見噴火龍噴火了，亮晶晶，火油油，一定很壯觀。」

「噴不出來。」火球無精打采的說著。

「什麼，你噴不出火？」阿力問。

「我已經一個星期噴不出火來了。這就是為什麼我會被媽媽罵的原因了。我真沒用啊！」火球說完，又哭了起來。

阿力真是沮喪。好不容易碰見一隻噴火龍？沒想到，遇見的卻是一隻噴不出火的龍，這叫他如何向朋友炫耀？

「別哭嘛！你一定是太愛哭才會噴不出火來。火怕水，這道理你不懂嗎？」

火球抹抹眼淚：「我媽媽也是這麼說。」

「所以，你要噴得出火來，一定不能哭。」

「好，我知道。」火球點點頭。

「通常我想哭時，我會這麼做。」阿力想了一下，然後，深深的吸了一口氣，大喝三聲：哈、哈、哈！

「來，試試看。」阿力說。

火球有些不知所措。不過，他還是照著阿力的話：吸一口氣，哈哈哈，叫了三聲。

「你是沒吃飯嗎？叫出來的聲音像蚊子那麼小？虧你長得這麼

高大。來，再來一次。」阿力很不滿意。

火球還是一副虛弱的樣子。

「我知道了，」阿力拍手道，「你應該運動一下。跑一跑，肺活量大，才有力氣噴火。」

火球聽話的在地道上跑過來，又跑過去。

五分鐘後，阿力要火球再試一次。

火球深深的吸了一口氣，然後，哈、哈、哈三聲！

「天啊，真的有用，我看到一點小火苗了。」阿力看見火球的喉嚨裡，擦過一些小火花。

「那，繼續跑嗎？」火球也很開心。

「不，接下來應該是跳一跳。跳躍會讓身體更有能量。」

於是，火球開始跳了。

可是，他一跳，地道就土石紛落，阿力真怕這個地道會塌陷。

「夠了夠了，再試一次吧。」阿力建議。

這次，火球的喉嚨裡開出了中型的火花——紅與黃，非常美麗的顏色。

「再來呢？」火球問。

阿力其實想了至少五個不同的運動方式，不過，地道太狹小了，火球只要認真做，地道一定會塌陷。

「你應該回家裡做運動，認真做，會改善的。」阿力誠心建議。

「不行，我不敢回去。噴不出火，媽媽會大發雷霆。」

看見火球瑟縮的樣子，阿力可以想見火球的媽媽一定超級凶惡。

「你可以幫我找東西吃嗎？吃下東西，我應該就能噴得出火了。」火球說。

「什麼東西？」

「黑片岩。這是我們噴火龍最愛吃的東西，可是我都找不到，難怪媽媽罵我笨。」

「哪裡有黑片岩？」

「就在這地道裡。」

「你找不到？」阿力問。

「我找不到。」火球搖搖頭。

阿力只是眼睛轉了一圈，他就想到了——剛才從側地道往上走時，他發現到兩旁的土層是黑色的、一片一片的岩石。

阿力低頭看了看地道，他四處踩踏後，找到一個定點開始往下挖，沒多久，就挖到一層黑片岩了。

「是不是這個？」阿力挖出兩片給火球看。

「就是這個，這是我最愛吃的東西了。」火球忙不迭的把黑片岩塞進嘴裡，然後，在阿力挖的地洞裡繼續挖。對他而言，這一片片的岩片就像馬鈴薯片一樣，香脆又好吃。

阿力從沒想到那麼難吃的岩片，竟是噴火龍的美食。

現在，火球吃飽了，他摸摸肚皮，一副滿意的神情。

「可以噴火了嗎？」阿力問。

「應該可以了。」火球點點頭。

火球背著阿力站定，深吸一口氣，然後，哈一聲——

一條長長的、油亮的火舌瞬間噴發出來，照亮了整個地洞。

「哇——」阿力目瞪口呆，完全不能言語。

暗黑地道裡的一條長火舌，這是世界上最神奇的景象了。

現在，換火球吹口哨了。

「啦啦啦，我會噴火了，我要回家了，媽媽不會罵我了。」火球轉身就走。

「等一下！」阿力突然想到一件事，「你們噴火龍都對著什麼東西噴火啊？」

「很多啊，大樹、岩石、城堡、荊棘叢等等。」

「活的動物噴不噴？」

「當然也噴啦，野狼、狐狸、花豹、壞人，我的哥哥們都噴過。」

「那，會不會噴鼴鼠？」

「鼴鼠？這我就不曉得了。我太小，從沒噴過，也許哥哥們噴過。」

聽到火球這麼說，阿力突然緊張起來，他拍了拍自己的腦袋，怒罵道：「我真是笨哪！」

不過，很快的，他就想到一個好辦法了。

「我幫你噴火了，你是不是得要回報我一件事？」阿力問。

「嗯，應該的。這樣好了，你不是要證據嗎？我送你一片鱗片，你就可以跟朋友炫耀了。」

「不必不必，我的老師看到鱗片大概會嚇到搬家。」阿力指指洞口，「這樣好了，你幫我把這個洞口封起來吧。」

「為什麼？」

「那邊是你家，這邊是我家，咱們井水不犯河水，這樣我們就都不會迷路了。」

火球想了想，「好像也有道理。不過，我以後就見不到你了。」

「沒關係，」阿力趕緊搖手，「你只要在心裡想我就行。我也會在心裡想你的。」

「好吧。」

阿力和火球迅速的從地道兩側再挖出更多的土石來，把洞口嚴實的壘住。

現在，阿力和火球之間隔著一座土石壘出來的門。

阿力大喊著：「這石塊壘得不夠緊，來，你得對著這些石塊噴火，用力的噴，盡情的噴，噴到一點點縫隙都沒有。」

火球照做了，而且噴得很開心。

然後，阿力把所有的縫隙都填滿。

現在，從第93號教室出來的側地道，再也沒有任何岔路了。

「好了，火球，再見。」阿力大喊。

「再見，我不知道名字的小鼴鼠，再見。」火球也大喊。

「最好不見。」阿力等火球的腳步聲消失，這才離開。

阿發和阿胖一定等得不耐煩了吧。

遇見噴火龍的事，要不要跟他們說呢？

阿力停下來，回想起他目睹的那一條長長的、光亮璀燦的火舌，不禁全身顫抖。

不說了吧。別嚇壞他們。

不過，下次麻老師的課，一定要專心聽啊！

作者說

真心的幫助　能化敵為友

阿力在黑暗的地洞下，遇見了一位陌生的朋友。基於朋友的情誼，阿力幫助對方解決了困難；但阿力沒想到的是，幫助了對方，卻危害了自己，這該怎麼辦？這個愛哭的傢伙是要把他當朋友，還是當敵人？

這篇故事告訴我們：①遇到危險要冷靜，找出解決的辦法，把危機變成轉機。②上課一定要專心。

不過，火球倒是很開心能遇見阿力這個好朋友哇！

超馬童話作家

亞平

臺東大學兒童文學研究所碩士，國小教師、童話作家。

投入童話創作十幾年，燃燒內心的真誠和無窮盡的幻想，為孩子們帶來觸手可及的愛與溫暖。喜歡閱讀、散步、旅行、森林和田野，尤其迷戀迅即來去的光影。

曾榮獲九歌年度童話獎、國語日報牧笛獎、教育部文藝創作獎等，著有《月光溫泉》、《我愛黑桃7》、《阿當，這隻貪吃的貓！》系列、《貓卡卡的裁縫店》系列、《狐狸澡堂》系列。電子信箱：yaping515@gmail.com。

鐘樓怪人人愛

王淑芬

繪圖／蔡豫寧

大家都說，山邊空氣好，於是不少人賺了錢，便在山腳下買地蓋房。幾年來，陸陸續續蓋了一整排，有向日葵般金黃色的黃樓，有玫瑰似豔紅色的紅樓，其他如草地般的綠樓、成熟葡萄般的紫樓，以及白得宛如天上雲朵的白樓……繽紛的樓房，像在山腳下長出五顏六色的大樹。

山邊果然空氣好，而且不像都市裡那麼吵，除了鳥鳴與雞啼，四周十分安靜。於是，居住在這裡的人每天都睡得好，睡得飽，甚至於睡到根本搞不清楚現在是幾點幾分幾秒；有時，連續睡了三天三夜都不知道呢。

「這樣下去可不行。」鎮長開始覺得不妙。

那個年代，還沒有發明時鐘，更別提鬧鐘。通常，大家都是靠著觀看太陽的位置，來決定吃早餐、午餐或晚餐。大城市裡，則會蓋一棟高高的鐘樓，由一個比較早起的人負責敲鐘，告訴大家該起床或上床。

於是，鎮上的人開會後，有了共同決議：「蓋一棟鐘樓。」

蓋好鐘樓後，當然便該找一位能早

起的人，負責早起敲鐘，喚醒全鎮人民。

誰能早起呢？

第一位來應徵的人，站在鐘樓下，垂著頭，瞇著眼，看起來很沒精神。負責甄選的鎮長，拍拍他的肩，他才開口說：

「唉，我昨天又失眠了。」

原來是個天天失眠的人。

失眠人說：「其實我是個作家。白天一直思考著要寫什麼，直到夜晚上床，在床上翻來覆去，想著如何寫出感天動地的

文章，根本睡不著；又想到如果有生之年寫不出來，該如何是好，因此天天失眠……」

由於是作家，所以自我介紹很長。

既然作家失眠睡不著，乾脆不睡覺，等到太陽升起，便可以爬到鐘樓上，負責敲鐘。看來他很適合擔任這份工作。

鎮長問：「請問，

這份工作你想領多少薪水？」

失眠作家回答：「我要的不多，只要每個人告訴我一個故事，讓我有靈感可以寫出感天動地、驚天動地、歡天喜地、呼天搶地的偉大文章便行。」

為了測試，作家立刻邀請鎮長說一則故事。

鎮長想了很久，才說：「從前有個公主，很美，後來就老了，最後死了。」

作家聽了，搖搖頭：「這篇故事雖然有開頭、有過程、有結局，也有啟示，意思是提醒大家：人人都難逃一死。但是情節普通，人物沒有個性，也沒有運用美麗的詞句與高深的成語。總之這不是一個好故事，我要的不是這種空洞的內容，無法激發我的創作靈感。」

因為是作家，所以批評起別人，話也很多。

「算了算了。」作家決定：「我還是別在鐘樓當敲鐘人，先到其他地方尋求更多靈感吧。否則在我有生之年，無法寫出感天動地、驚天動地、歡天喜地、呼天搶地的偉大文章，就辜負我身為作家的使命，將來怎能對得起我的祖先、父母、兄弟姐妹、子子孫孫？」

由於是作家，所以做任何決定，話一向很多。

作家一走，鎮長愁眉苦臉的嘆氣：「怎麼辦？鐘樓都蓋好了，只缺敲鐘人。」

鐘樓上的鐘，忽然「匡噹匡噹」的響起來。

「匡噹匡噹匡噹匡噹，匡噹匡噹匡噹……」

是誰在敲鐘？

鎮長馬上爬到鐘樓的頂樓，滿臉困惑的看著不斷搖來擺去、響個不停的大鐘。他高聲問：

「誰躲在鐘裡面？」

鎮上所有的人，也都被鐘聲吵醒，紛紛跑到鐘樓來看個究竟。

「匡噹匡噹匡噹，匡噹匡噹匡噹……」

鎮長與幾位力氣大的鎮民，抓住鐘，然後翻開來看。咦，沒有任何東西在鐘裡面呀！它是怎麼響的？

忙了半天，鎮長覺得很累，很想睡，於是說：「可能是被風吹的吧。」大家也點頭說：「沒錯沒錯，總不會是有怪物躲在鐘裡敲鐘。」

沒想到第二天早上，太陽升起後，鐘聲又響了。

「匡噹匡噹匡噹，匡噹匡噹匡噹……」

鎮長與鎮民全都慌慌張張的穿著睡衣，跑到鐘樓。

「到底是怎麼回事？」「有怪物嗎？」「明明沒有風吹呀。」

正當大家你一言我一語，猜不透時，有個人卻想

到：「不管是什麼原因，至少鐘樓在恰恰好的時間響了，我們都起床啦。」

這一點，大家都同意。鎮長夫人也說：「鐘聲自己響，我們就不必聘請敲鐘的人，省下一大筆錢。太好了！」

只是，鎮長有他的憂慮。他提醒全鎮人民：「鐘樓怪怪的，這是事實。依我看，最好提高警覺，至少在大家都沉睡的夜裡，輪流到鐘樓守夜，以免哪一天，怪怪的鐘樓發生其他更怪、更可怕的事。」

聽起來很有道理，所以大家就決定，第一晚先由鎮長開始守夜。

那天晚上，鎮長在鐘樓頂樓，抬頭望著滿天星空，不知怎麼的，想起他與作家的對話。

鎮長想起，自己小時候，本來很愛寫作文，不管老師出什麼題目，他都提起筆來，寫得

又快又開心。小小年紀的他，還暗暗在心中立下志願：「我將來要一面當鎮長，一面當作家。」

什麼時候開始，他變得不想寫、不會寫呢？

他怎麼會變成現在這樣？只會講出：「從前有個公主，很美，後來就老了，最後死了。」

鎮長摸摸巨大的鐘，在月光下，看到鐘上自己淡淡的影子，輕聲問模糊的影子：「你是誰？你變得好陌生啊。」

他靠著鐘坐著，星星與月亮陪著，想著想著，不知不覺間，睡著了。

「匡噹匡噹匡噹，匡噹匡噹匡噹……」

一大早，鐘樓又怪怪的自己響了。

鎮長站起來，伸伸腰，感覺今天自己的心裡，有一種怪怪的感覺。不過雖然怪怪的，卻也是開心的。他覺得挺好的，挺喜歡自己有這樣的感覺。

當他回到家時，鎮長夫人皺著眉頭告訴他：「鐘樓怪，人人跑得快！」原來，大家都很害怕在鐘樓守夜時，會發生意想不到的壞事，所以一個個跑來登記：「我不適合當守夜人，因為我有心臟病、皮膚病、眼睛痛、胃痛、膝蓋痛……」

看來，其他鎮民縱然覺得鐘樓怪，卻不想解決，全都推給鎮長處理。

鎮長想了想，說：「沒關係，這段時間，全交給我來守夜吧。反正，我在鐘樓睡得很香甜，還能跟著鐘聲起床。」

就這樣，第二個夜晚，鎮長又來到鐘樓了。

安靜的鐘樓，鐘靜靜的站著，星星與月亮靜靜的陪著。鎮長再度想起他與作家的對話。

「那個曾經很愛寫文章的我，還在嗎？」他問自己。

「那個曾經有很多想法、而且可以把想法寫出來的人，已經是陌生人了嗎？我不認識他了嗎？」

「我能再度找回這個陌生人，想辦法與他認識，成為好朋友，然後讓自己變成他嗎？」

鎮長摸了摸月光下黑色的鐘，大鐘一句話也沒說。鎮長想著：

「為什麼一到早上，你會自動響？你想對我說什麼呢？」

想著想著，鎮長睡著了。夢中，他好像聽到一個奇怪的鐘聲……

第三個夜晚，在鐘樓守夜的鎮長，又摸著月光下的鐘，想起與作家的對話，想起自己的小時候。那時候，自己是個感情豐富的人，清晨聽到窗外鳥叫，會想著：「小鳥兒是睡得太好，還是睡得不安穩呢？」

看見花朵兒被雨打得花瓣都掉落了，會安慰花兒：「你的生命也曾經美麗過，不要哭。」

可是，現在的自己，清晨聽到窗外鳥叫，會說：「吵死了，還是加個隔音效果比較好的窗戶。」看見花朵兒的花瓣掉落，會說：「以後不要種這種花，很難清掃。」

那個對鳥兒、對花朵很有感情的自己，已經是陌生人了。

「我不要！」

鎮長搖搖頭，對著滿天星斗說：「我不要變成現在的我，我要找回從前的我。」

可是，要從哪裡開始找呢？

大清早，鐘聲又「匡噹匡噹」的響了。

鎮長在清脆的鐘聲中，清涼的微風中，低頭看著鎮上的人民紛紛起床，他露出微笑，轉頭對響個不停的鐘說：「我懂了。」

他準備一回到家，就開始寫一篇故事，這篇故事是關於一棟怪怪的鐘樓，雖然怪，但是會敲出響亮的聲音，讓大家想起：曾經愛過什麼。至少，他想起來了。

《鐘樓怪人》是法國小說家維克多．雨果於一八三一年出版的小說。主角是天生畸形的加西莫多，他擔任巴黎聖母院的敲鐘人，一心守護著女主角，卻無法挽救她悲慘的命運。

作者說　重新找回陌生的自己

成長可能帶來智慧與成就，但也可能變成與童年時完全不同的陌生人。這篇故事為什麼出現一位作家？因為象徵著「創作，是在表達心中的夢想」。鎮長小時候本來熱愛寫作，是個充滿想像的人；長大後寫不出文章，意思是他已經失去作夢的渴望。幸好，奇怪的鐘聲，再度喚回他童年時喜愛寫作的浪漫。

超馬童話作家　王淑芬

王淑芬，臺灣師範大學畢業。曾任小學主任、美術教師。受邀至海內外各地演講，推廣閱讀與教做手工書。已出版「君偉上小學」系列、《我是白痴》、《小偷》、《怪咖教室》、《去問貓巧可》、《一張紙做一本書》等童書與手工書教學、閱讀教學用書五十餘冊。

最喜愛的童話是《愛麗絲漫遊奇境》與《愛麗絲鏡中漫遊》，曾經為它做過好幾本手工立體書。最喜愛書中的一句話是：「我在早餐前就可以相信六件不可思議的事。」這句話完全道出童話就是：充滿好奇與包容。

是敵人？還是朋友？

劉思源
繪圖／尤淑瑜

「失火了！失火了！聖誕樹失火了！」小天使們一邊跑一邊叫，火天使貝小芬又闖禍了！

「唉！只不過叫貝小芬點燃聖誕樹上的蠟燭，就……」米爺爺搖搖頭，這起火災已是這個月第三起小意外了。

貝小芬年紀小，火氣不小，兩隻火焰翅膀火熱火熱的，而且飛得比誰都快，闖了禍也追不上。還好他的翅膀還小，不致構成重大災害。但是他正在發育期間，要是一直學不會「熄火」這門功課，火勢必定一發不可收拾。

火天使的工作很重要，要在黑暗裡給人光亮，在寒冷的地方給人溫暖。當然也有一些專門燒垃圾的焚燒天使，那是非常重要的工

作，不會輕易交給小朋友去執行。

總之，火的力量是把兩面刃。對火天使來說，盡情發光發熱固然很重要，克制自己不發火也很重要。

米爺爺叫貝小芬去雲朵上罰站，並請大家趕快提水滅火。

正忙亂間，喔咿喔咿的笛聲由遠而近響起來，一群水天使駕著救火車匆匆趕來救火。

水天使們有的揮著翅膀，有的拉著水管，繞著聖誕樹灑水，小小火苗瞬間就熄了。

「太厲害了！」米爺爺向水天使們鞠躬道謝，水天使們是很了不起的傢伙，他們的翅膀可以變換各種形式，有時是波濤洶湧的海浪，有時是輕輕哼著歌的小水花……。

「又是貝小芬！！！」水天使們口氣冷冰冰，「米爺爺，你太偏心了，都不管管這位火爆小子。」

說實在，就連天使也不喜歡加班，而這位貝小芬算是慣犯，連日來讓救火車跑了好幾趟，雖然都是不起眼的小火災，但也花費了不少時間。而且水天使和火天使一向水火不容，互不往來，是百分之百陌生單位，自然沒什麼好話。

「有什麼了不起？」貝小芬氣惱不已，這些水天使們嘮嘮叨叨的，只不過燒了幾根樹枝，滅個小火有什麼好炫耀的？

貝小芬氣嘟嘟的，肚子裡燒起一把火，兩隻翅膀啪一聲打開，瞬間燃起熊熊火焰。

哎呀呀！貝小芬腳下的白雲變成紅通通的火燒雲，滿天通紅。

「看吧！看吧！又來了！」水天使們瞪著貝小芬，賞了他幾個大白眼。

「看起來不加強訓練不行了！」米爺爺把貝小芬叫過來，命令他參加「水深火熱」長跑賽。而他的對手不是別人，就是和他同一

天出生的水天使莫小特。

「莫小特？」水天使們聽了睜大眼睛，連連驚叫。

愛惹麻煩的小孩不只一個。

莫小特惹得麻煩可不比貝小芬少。

她天生愛哭，難過的時候哭、生氣的時候哭，連開心都要哭哭哭。而且她常常一哭眼淚就停不下來，雖然水流量不大，但鬧點小水災還是綽綽有餘，例如她的小狗走丟時，她一邊找一邊哭，淹了一條街；當小狗找到時，她喜極而泣，又淹了一條街。

「人家是水做的嘛！」莫小特一點也不覺得自己有問題，水滋養萬物，多一點有何妨？大家都覺得很奇怪，米爺爺怎麼有膽量把這兩位小天兵擺在一起？

「安啦！安啦！」米爺爺說，「雖然遠水救不了近火，但是貝小芬身邊有輛活動水車，安全指數鐵定大提升，對不對？」

米爺爺呵呵笑，覺得自己的創意真不錯。

米爺爺向貝小芬和莫小特眨眨眼：「怎麼樣？兩位小天使願意接受挑戰嗎？」

「我願意！」貝小芬和莫小特不約而同的說，這麼好玩的事情怎可不插一腳？

第二天，所有三百歲以下的小天使都跑來雲朵運動場看熱鬧。

「加油！貝小芬。」火天使們組成「燒滾滾」啦啦隊，搖旗吶喊幫貝小芬加油。水天使們不甘示弱，組成「嘩啦啦」啦啦隊，又蹦又跳替莫小特加油。

貝小芬一顆心熱熱的，好像一架即將發射的火箭。

莫小特愛哭，發威時保證水流源源不絕。

米爺爺點點頭，兩位小天使天生大不同，但皆是高潛力股小孩。

「注意！注意！」米爺爺高聲宣布：「這場比賽唯一的規則是，兩位選手要同時抵達終點，不能丟下另一個。先到的，後到的都算輸。」

「這是什麼怪規則？」大家紛紛叫起來。

「天使的比賽本來就和一般比賽不一樣，不可以爭先恐後，而是要團結合作達成任務。」米爺爺理直氣壯的說明：「我特別在跑道上設了三道關卡，考驗兩位選手的合作能力和應變能力。」

果然是米爺爺有見識，所有天使一起閉嘴。

「準備好了嗎？」米爺爺問貝小芬和莫小特。

「OK！」兩位小天使自信滿滿的說。

「開跑！」米爺爺吹起號角，一聲令下，貝小芬和莫小特同時往前衝。

貝小芬使出野火燎原的速度，莫小特拿出浩浩蕩蕩的功夫，一路沿著跑道往前跑。有時貝小芬快一點，有時莫小特快一點，但總是只有前後腳的距離，很快雙雙就消失在雲深處。

「要跟上去看看嗎？」兩邊的啦啦隊猶疑著。

「不急、不急。」米爺爺招呼大家休息一會兒，這座雲朵運動場底座是圓形的，起點就是終點，「大家不用跟著跑，等等他們自己會跑回來。」

「還是米爺爺聰明。」大家紛紛找個小雲朵坐下來，歇歇腿、泡杯咖啡喝。難得火和水都有，很方便。

★

雲朵運動場是由許多雲朵組成的，自然變化莫測，一會兒是白雲靄靄、一會兒烏雲密布、三不五時又來個彩霞滿天……貝小芬和莫小特睜大眼睛、加緊腳步在雲朵裡鑽來鑽去，緊緊跟著彼此，免得因為「丟人」輸了

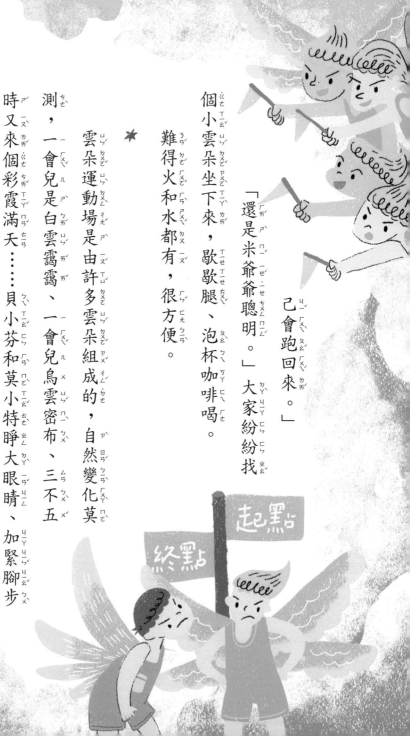

這場比賽。

他們跑著跑著，前方出現一排又高又大、好像一片叢林的「抱抱荊棘」，蹦蹦跳跳的擋在跑道上。

貝小芬和莫小特互看一眼，這鐵定是第一關。

抱抱荊棘，刺多多，而且最喜愛擁抱，誰要是撞上它，保證千瘡百孔。

但因為是賽跑比賽，誰都不准飛，因此得想別的辦法跨過荊棘叢林。

抱抱荊棘吼叫著，亮出尖尖的刺。

不說不知道，莫小特最怕打針，看到荊棘的尖刺，嚇得倒退三步，嗚嗚嗚的哭起來。

「哼！膽小鬼。」貝小芬有點瞧不起莫小特，區區幾棵木頭怕什麼？

他一馬當先，射出幾支火焰小箭，抱抱荊棘立刻燃燒了起來。

抱抱荊棘哀哀叫，分成兩叢，往跑道兩旁跳開。

「快走！」貝小芬和莫小特趁機穿過荊棘間的空隙，拼命往前跑。

其實貝小芬很想「甩開」莫小特這個愛哭鬼。但想起

米爺爺的比賽規則，又不能丟下她不理。

「不准跑！臭天使。」抱抱荊棘氣得要命，不顧身上冒著火星，伸出長長的枝條從後面追上來。

慘了！慘了！要是被抱抱荊棘纏上可糟了。

忽然後面傳來幾聲「撲通撲通」的聲音。

貝小芬和莫小特往後一看，抱抱荊棘跌進一個小池塘裡。

「咦？什麼時候跑道上多了一個小池塘？」貝小芬說。

莫小特不好意思，指指自己的眼睛。

「好厲害！」貝小芬佩服不已，莫小特的淚珠滴滴答答的，才一會兒就匯成了一個小池塘。

「我超級害怕的。」莫小特解釋，她的淚珠會根據害怕的程度放大或縮小。

抱抱荊棘泡在小池塘裡，全身的火星都熄了，舒舒服服的，完全忘了比賽這回事。

✱

比賽還在進行，兩位小天使不敢逗留，繼續往前跑。

這時前方出現一個大彎道，一頭大火龍大剌剌的躺在跑道上睡大覺。

第二關。

這頭大火龍又胖又重，趕不走，拖不動。

而且大火龍脾氣暴躁，起床氣出名的大。

雖然莫小特擅長滅火，貝小芬喜歡火上加火，但是他們還是小孩，大火龍一腳就可以把他們踢到天邊。

忽然貝小芬想到一個好主意。

「看我的！」貝小芬吩咐莫小特摀著耳朵，拿出口袋裡的祕密武器「雷聲鞭炮」，一一點燃，朝大火龍丟過去。

劈啪劈啪——劈啪劈啪——

打雷了！打雷了！

大火龍被鞭炮聲嚇得跳起來，沒頭沒腦就往前衝。

貝小芬洋洋得意的看著莫小特，怎麼樣？這招厲害吧！

沒想到、沒想到，大火龍被嚇昏了頭，跑了幾步又轉頭奔過來。而且牠害怕的張嘴大叫，噴出一道道烈火。

轟隆！轟隆！轟隆！大火龍迎面奔來。

莫小特一急一慌，完全忘了發出水柱滅火。

莫小特愣在跑道上，感覺從頭冷到腳，渾身發抖，不停的冒冷汗。

忽然一股股寒意從莫小特的翅膀飛出去——

漫天大雪紛紛落到大火龍的身上，牠的尾巴迅速結冰，凍成一根大冰棍，動彈不得。

原來莫小特還有快速冷凍功能！

「快跑！」貝小芬見機不可失，吆喝著莫小特趕快往前跑。

經過兩關的考驗，貝小芬和莫小特愈來愈了解對方，不僅發現對方比自己想得還棒，而且也有許多相似的地方。

貝小芬扳著手指頭數著：「我們倆都是天使、都是小孩、都喜歡幫助別人……也都常常闖禍。」

「對呀、對呀。」莫小特聽了猛點頭。

他們一邊跑一邊想起自己闖的大大小小的禍，又好笑又不好意思，以後一定要小心點。

終於，終點就快到了。貝小芬和莫小特加快腳步往前衝。

沒想到，這時跑道上突然冒出一個大黑洞。貝小芬和莫小特收不住腳，咕咚咕咚的往下跌。

第三關——風吹吹洞。

風吹吹洞很深很深，黑漆漆的，不停的颳著猛烈的旋風。貝小芬和莫小特被風吹得團團轉，最後跌進一堆爛泥巴裡。

慘了！貝小芬一隻翅膀熄了火，莫小特一隻翅膀折斷了，還沾滿泥，沉重得抬不起來。

兩位小天使掙扎著爬起來，抬頭看，天空變得好高好高，這該怎麼辦？

翅膀＝能力，兩位小天使第一次被迫停飛。

「不能飛，就爬！」貝小芬和莫小特不放棄，一步一步往上爬。

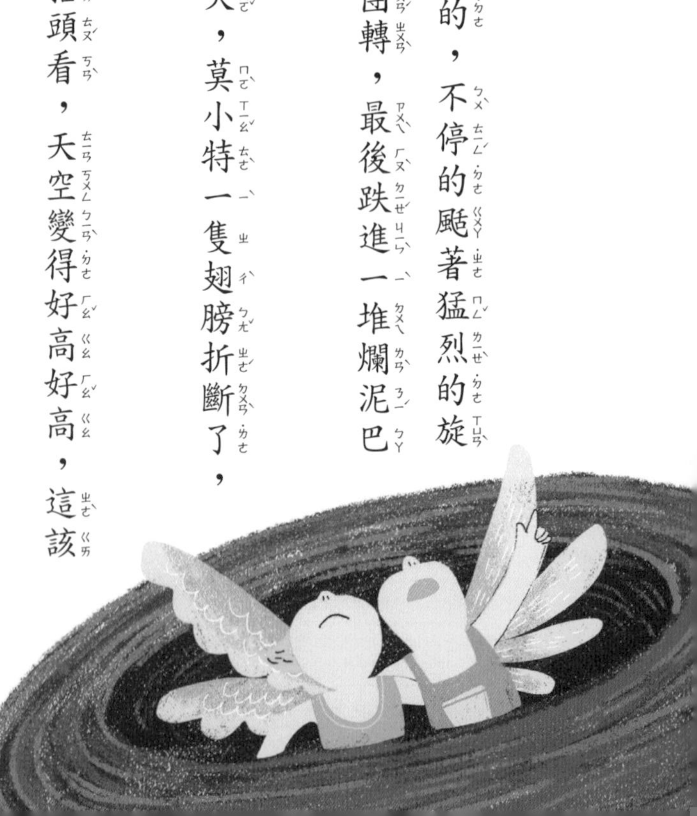

可是洞壁四周布滿青苔，爬一步，滑兩步，寸步難行，而且強風還繼續攻擊他們倆。

怎麼辦？怎麼辦？身為天使，他們倆從來沒感覺如此無能為力過。

現下火和水都沒有用了。

貝小芬和莫小特你看看我，我看看你。

咦？雖然他們倆都只剩下一隻翅膀，但是兩個加在一起，不就有「一雙」翅膀？

「兩人三腳！」貝小芬和莫小特一起大叫，這是他們倆最喜歡的遊戲。

貝小芬解開腰帶，把身體和莫小特綁在一起。

哎呀！好熱好熱！

哎呀！好冷好冷！

水火不容，肩並肩不容易。

「1、2、3，起飛！」兩位小天使，一個冷，一個熱，但他們咬著牙忍耐著，趁著強風稍歇的時候，同時展開翅膀，飛出風洞回到跑道上。

當他們合成一體時，不知為何，感覺比以前更強壯、更有力。

終點就在眼前，米爺爺抱著一個大獎盃站在那兒等著他們倆呢。

作者說

放下偏見 拉近你我的距離

你是誰？我是誰？

這兩個問題的答案都可能不是絕對的。

但我相信，多一分善意，多一點時間，多一些包容，多陪他走一哩路，都是縮近人我之間最好的途徑。

超馬童話作家

劉思源

一九六四年出生，淡江大學畢業。曾任漢聲、遠流兒童館、格林文化編輯。目前重心轉為創作，作品包含繪本「短耳兔」系列、《騎著恐龍去上學》；橋梁書《狐說八道》系列、《大熊醫生粉絲團》，童話《妖怪森林》等，其中多本作品曾獲文建會「臺灣兒童文學一百」推薦、好書大家讀年度最佳少年兒童讀物獎，並授權中國、日本、韓國、美國、法國、俄羅斯等國出版。

天天貓：瘋婆婆的抉擇

林世仁

繪圖／李憶婷

好香！

是玫瑰花。

一個小女孩蹲在花叢前，長長的頭髮埋在雙臂裡，肩膀起起伏伏，一顫一顫……

啊，她在哭！

我忍不住走上前，一團淡淡的薄霧擋住我。我走不過去，卻聽到她的啜泣。

「嗚……嗚……」小女孩哭得好傷心，「為什麼這個世界這麼苦？為什麼園長那麼凶？」

咦？這麼小的女孩哪懂得世界是什麼呢？還覺得世界很苦？

她是被媽媽罵？被爸爸打？還是被誰欺侮了？哦不，她提到園長——難道她是孤兒？

我好想安慰她，卻一步也前進不了。

終於，她抬起頭，看著玫瑰花。是玫瑰花在跟她說話嗎？

我看見她擦擦眼淚，對著

玫瑰花點點頭。「嗯，長大以後，我一定要帶給世界微笑，不要帶給世界眼淚。」

她聞著玫瑰花，輕輕摸著它的花瓣。「還要跟玫瑰花一樣美麗。」

她抬起頭，望著天空。一朵雲停在她的上頭，久久不動，好像在聽她說話。

我覺得左腳癢癢，一低頭，是天天貓在舔我。

我嚇一跳，驚醒過來。

咦，我又背著小學書包？

「還發呆？再不去好戲就散場嘍！」不知道是誰戳我的背，催我趕快。

去哪裡呀？我的腦袋瓜轉不過來，腳卻跟著前面幾個孩子一塊往前奔。

大廣場上，一群人圍成圓圈。不用想也知道，好戲就在圓圈中央。

我一擠進去，就看到她了。

一個美麗的女子穿著彩虹衣，擋在三個捕狗人和一隻野狗之間。野狗兩眼紅脹，夾著尾巴卻汪汪狂吠。牠一大聲，人群圈圈就往後退；牠一小聲，人群圈圈又縮攏回來。

「快讓開！」一個鬍子大叔拿著大網子，朝女子大罵。「待會兒牠再咬傷人，誰負責？」

「請再等一下，讓我跟牠說說話，說說話就好。」女子轉過身，對著野狗伸出手，在半空中緩緩畫著弧形，

好像隔著空氣在撫摸牠。

「嘿，瘋子要說狗話嘍！」一個抽菸大叔在我頭上說話，人群屏息安靜下來，等著看好戲。我往旁邊閃，躲過臭菸味。

野狗的目光從人群轉向女子，狂吠聲變成了哼哼悶吼。牠好像真的聽到什麼，慢慢安靜下來……忽然，一隻野貓不知從哪裡竄出來，野狗一驚，汪汪大叫，張嘴就往人群衝。

一張大網罩下，兩個人影迅速撲上去。

「好！收工。」鬍子大叔拍拍手，轉身瞪向女子，「這次不跟你計較！還有，你養在園子裡的那群野狗、野貓最好仔細看好，只要哪隻咬到人，立刻全部抓走！」

人群爆出掌聲，捕狗人像英雄般把野狗抓上車，揚長而去。

女子頹下肩，對著遠去的車默默合十雙手，嘴裡喃喃不知在念什麼。

「喂，你有聽到瘋婆婆說的狗話嗎？」又有誰在

戳我，我回過頭。

是天天貓！

「什麼狗話？沒有哇。」我搖搖頭，一會兒，瞪大了眼睛。「什麼！你說那美麗的女人是瘋婆婆？」

「當然，你看不出來？」天天貓說：「順便告訴你，剛剛破壞好戲的那隻笨貓就是我。」

我一驚醒來。

腳下竟然是半屏山！我在山頂上。

前方，有人在對著太陽唱歌。

這次我不會認錯了！是那個女子。一樣是那一件彩虹衣，只是衣服舊了許多，她也沒那麼美麗了，臉上皺紋增加不少，好像中年人。

上次那隻野貓在牠腳邊合音。嘿，聲音真難聽！不懂合音就算了，還胡亂唱，簡直是在干擾嘛！

野貓愈唱愈怪，最後竟然開始胡亂大叫，繞著女子四肢亂抓。

「牠很笨吧？」天天貓不知什麼時候出現在我腳邊。

我愣愣看著牠。「你在罵你自己？」

「怎麼，不行嗎？」天天貓抓抓耳朵，好像在調聲音的大小。

遠處的聲音一下子飄近。

「別再唱啦，」野貓大叫：「別再祝福那些根本不知道你在幫助他們的大笨蛋啦！」

「不，我看到了，我就必須幫助他們。」女子說。

「你不怕變醜？不怕變老？」野貓喵喵亂叫：「流浪狗根本就救不完！土石流根本就撐不住！颱風要來你也擋不了！你偏要救，偏要撐，偏要擋。你不是神仙，不要做神仙做的事。」

女子停下手勢，彎下腰，抱起野貓。

「我知道你心疼我，所以上次你才不讓我救流浪狗，對吧？謝謝你。」女子愛撫著野貓，「但是，整個世界都在哭，我聽到了，我怎麼能不管呢？」

「我不要你變老，不要你變醜。」野貓說話的語氣好心疼，「你吸走流浪狗的恐懼，那些恐懼就變成你的皺紋；你平息山豬的怨氣，那些怨氣就弄粗你的皮膚；你幫快死的鳥媽媽多撐一天，就讓自己更老一天……現在你又想救半屏山，你根本救不了這座山！」

女子點點頭，「對，我救不了半屏山。」

「那你還要把能量送出去？」

「我一個人救不了半屏山。」女子鬆開眉頭，笑了起來，「但是，很多人加起來就可以。我看見未來有官員想立法來限制山的開採，我看見未來有好多人想幫助山復育，讓草重生，讓樹長大，讓鳥回來！我可以幫他們。幫他們下定決心，幫他們把決心變成行動。」

「穿越到未來去幫他們？」野貓大叫：「你會失掉更多能量！會變得更老更醜！那又不關你的事，你為什麼要幫他們？」

「因為，」女子笑了，「我聽到山在哭泣。就像我當初聽到你在哭泣一樣啊！」

野貓不說話了，牠只是哭。

女子輕輕放下野貓，「放心，這是我自己的決定。」她轉身面對太陽，高舉雙手，嘴巴喃喃開合。

她在唱歌嗎？我聽不到。

我只看到太陽光好像瞬間更亮了一下，接著，整座山都震動起來。

大地震！

女子碰一聲癱倒下去，再站起來時，我看到了瘋婆婆。

那醜怪的模樣跟我記憶中的一模一樣。

但是不知道為什麼，這一次望著那張臉，我一點也不害怕。

我聽到野貓在哭。

不，是天天貓在哭。

我一驚醒來，看見一座陌生的森林。

一輪滿月灑下銀光，在森林中央的清泉邊，我看到女巫公主和天天貓。他們都像雕像般靜靜躺在地上。一旁，站著花精靈和雲天使。

女巫公主緩緩睜開雙眼，好像剛剛睡醒。

「歡迎光臨，女巫公主，女巫公主！」

「女巫公主？你們是在叫我嗎？」

「是的，」花精靈說：「歡迎光臨永恆的世界。」

「請接受我們的森林魔棒。」雲天使往清泉上一點。清泉分開，一枝魔法棒從裡頭飄飛出來。花精靈把它捧給女巫公主。

女巫公主接過來，「咦，好熟悉啊！它怎麼好像是我身體的一部分？」

「當然！」花精靈說：「魔法棒的尖端，匯聚了你的心之念。它就是你呀！」

「對對，」雲天使說：「你在那個世界流失的能量都沒有消失喲！它們都匯聚在這裡。恭喜你付出的能量達到標準，收到靈界的入門票！從現在起，你和宇宙的光與愛同在，可以自由穿梭這個世界和那個世界喲！」

「壞消息是，」花精靈說：「你在那個世界的樣子沒辦法改變了。」

「好消息是，」雲天使說：「你在這個世界的樣子永遠不會改變。」

「是嗎？」女巫公主摸摸自己的臉。「美醜不重要，重要的是幫助兩個世界都好起來。」

藍色的貓伸個大懶腰，醒過來。牠喵一聲，看到旁邊的美人。

「你是誰？」

「我是女巫公主。」

牠看看自己藍色的身體，「那我又是誰？」

「你老是天天纏著我，」女巫公主說：「我就叫你——天天貓！」

天天貓好高興，「耶！你是女巫，我是坐在你掃把上的貓！」

「那可不一定！」女巫公主眨眨眼睛說：「你得先贏過其他的貓才行。」

「那有什麼問題！」天天貓得意的喵叫起來，「我一定是天下第一貓。」

那喵喵聲好像會催眠，我的眼睛一下子睏得閉上。

再睜開眼睛，我終於躺在自己的床上。

我正想鬆口氣，忽然看到天天貓就站在床頭，一顆大腦袋瓜彎下來盯著我。

「喂喂，靠這麼近幹麼？」我瞪牠。

「看你可愛呀！」天天貓送我一個賊賊笑。

「你又想帶我去哪裡？」

天天貓搖搖頭。「今天不用帶你出門了。」

「這麼好？」我不信。

「喵！」天天貓叫了一聲，「你不是在夢裡跟著我走了好多地方？」

「原來是你！害我一直作夢！」我揭開棉被，跳起來想捉牠，

「你害我一直醒不過來！」

天天貓一翻身就跳到門邊。「這不是很好嗎？夢中夢，不必起床就看到了女巫公主的祕密！」走出房門之前，牠又轉過身瞄了我一眼，「下一次，可沒這麼輕鬆喔！」

什麼，還有下一次？

我倒回床上，哀歎自己不知道惹到哪一位神仙，害祂派天天貓來整我。

我閉上眼睛，想把天天貓趕出我的腦海，腦海裡卻浮現出夢中的森林！

森林裡，月光灑下。一群動物圍在女巫公主身邊，又唱歌又跳舞。女巫公主笑得好開心。那笑容在月光下像水一般蕩漾，像風一般溫柔。

嗯，就像玫瑰花一樣美麗。

作者說

善意　讓世界不再哭泣

這一集故事裡，我把瘋婆婆和女巫公主的關係解謎了！她們一個醜，一個美，卻都是同一個人，這改變的前因後果全來自瘋婆婆的一念之間。如果，我們的付出會帶來對自己的傷害，誰還會那麼做呢？如果，付出沒有人知道，誰還肯那麼做呢？大部分人不願意，卻有極少數人無怨無悔。他們是從「永恆世界」來的人，碰到他們我們要尊重、要珍惜喔！

超馬童話作家

林世仁

文化大學藝術研究所碩士，專職童書作家。作品有童話《不可思議先生故事集》、《小麻煩》、《流星沒有耳朵》、《字的童話》系列；童詩《誰在床下養了一朵雲？》、《古靈精怪動物園》、《字的小詩》系列、圖像詩《文字森林海》；《我的故宮欣賞書》等五十餘冊。曾獲金鼎獎、國語日報牧笛獎童話首獎、好書大家讀年度最佳少年兒童讀物獎，第四屆華文朗讀節焦點作家。

灰熊和龍的驚奇之旅

王家珍

繪圖／陳昕

灰熊在海綿森林出生，從小灰熊長成大灰熊，不曾離開過。海綿山頂是灰熊的地盤，每天吃飽喝足後，他都坐在山頂的大石頭上，俯瞰海綿森林和周圍的小徑，眺望西邊的沙漠和東邊的草原。

春天快結束時，灰熊經常在半夜驚醒，醒來後再也睡不著。三更半夜哪兒都不能去，灰熊只好爬到山頂數星星、看銀河，等到天空的顏色從藍莓變成柑橘，再去睡回籠覺。

有一天，天矇矇亮，灰熊看到西邊地平線出現一個小黑點，很少有動物從西邊沙漠來，灰熊伸長脖子，緊盯著小黑點。

那個小黑點愈走愈近，身形愈來愈大，是灰熊沒看過的陌生動物。

陌生動物有四條腿，還有一條長尾巴，頭上有兩隻犄角和頭冠。他用兩隻後腳走路，兩隻比較瘦小的前腳左搖右擺，跟著身體搖過來、晃過去。

陌生動物從沙漠區走來，經過好幾個小水坑，都沒有停下來喝水，真是太奇怪了！

這個陌生動物究竟是誰？從沙漠來要往哪裡去？灰熊好想跑下山，追上去，把陌生動物看個仔細、問個明白。

不過，灰熊個性內向，還是超級大宅男，他不喜歡面對陌生的事物，一想到要跟來歷不明的陌生動物說話，就頭暈腦脹不舒服。

灰熊繼續觀察，看到陌生動物伸出兩隻前腳往空中抓，各抓到一顆紅色小顆粒，接著把紅色小顆粒往嘴巴丟，一邊大嚼一邊點頭，彷彿那是世界上最美味的食物。

陌生動物的舉動實在太奇怪了！從古至今，好奇心攻無不克，總是能擊敗一切，當然也戰勝了灰熊的內向與宅男心。

灰熊快跑下山，對著陌生動物的背影大吼：「站住！你是誰？報上名來！」

陌生動物停下腳步、轉過頭來盯著灰熊看，確認他沒有惡意之後，便搖著大屁股向灰熊走來。

灰熊看著陌生動物，心臟狂跳，幾乎不能呼吸。從山頂看下來，陌生動物小小一隻，面對面才發現，陌生動物比他高一個頭，肥大的後腿是他的五倍粗，細瘦的前腳是他的三倍大，那條尾巴看起來很有力氣，要是用力一掃，可能就會把他掃上天，他不自覺往後退了兩步。

「我是龍，名叫可愛。」陌生動物邊說邊前進兩步。

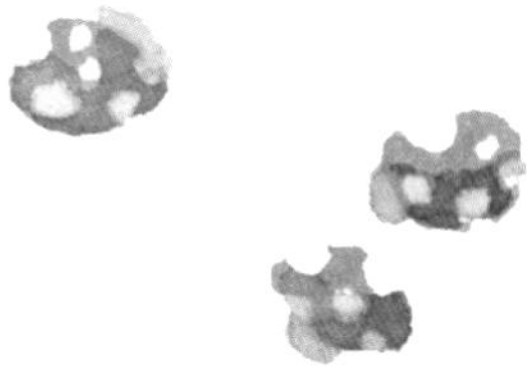

「龍？龍是什麼怪東西？」灰熊說。

「你才是怪東西，我從沒見過像你這樣毛茸茸的怪物。」龍的兩隻前腳往空中一抓，抓出兩朵紅色蘑菇，塞進嘴巴，嘰呱嘰呱吃了起來。

「你全身光溜溜的才奇怪！我是住在海綿森林的灰熊，名叫英俊。原來你吃的紅色小顆粒是這種怪蘑菇，顏色那麼鮮豔，肯定有毒。你從哪裡變出來的？」灰熊說。

「你吃吃看就知道有沒有毒了。」龍又從空氣中摸出兩顆紅色蘑菇，遞給灰熊。

灰熊不敢吃，也不好意思拒絕，只好轉移話題：「你的皮膚怎麼龜裂成這樣？水喝太少嗎？」

「自從我踏上旅程，鱗片就愈來愈乾，顏色愈來愈灰暗，這些轉變應該是在為我的不朽做準備吧？我趕時間，先走一步。」龍轉身往東邊走去。

聽到「不朽」，灰熊的好奇心大噴發，小跑步跟在龍的身邊不停問問題，沒注意到自己離海綿森林愈來愈遠。

灰熊問：「鱗片變乾、顏色變灰暗，也許是生病了，你怎麼不回家呢？」

龍回答：「我們沙漠中的龍族，每年都會選出一個代表，被選出的代表必須馬上啟程往東走，一直走到太陽升起的地方，不可以

回頭，今年的代表是我。」

灰熊又問：「怎麼選？誰來選？為什麼選上你？」

龍說：「立春那天，誰能從空中抓出紅色蘑菇，就是那年的代表。」

灰熊問：「這麼厲害！你們大老遠走到太陽升起的地方做什麼？」

龍說：「長老說，抵達太陽升起的地方，我就會不朽！」

「不朽！什麼是不朽？」灰熊滿頭霧水，問題好多。

龍說：「我比你更想知道什麼是不朽，從現在起，我要全力趕路，你好囉唆，問題好多，跟屁蟲，快回家。」

灰熊的宅男心想回家，好奇心想知道不朽是什麼。好奇心很快就擊垮宅男心，他才不管龍喜不喜歡，決定跟龍一起向東走，看看什麼是不朽。

這一路走來，龍有好多話想說，卻沒有對象，現在有灰熊作伴，一起向前行，龍很開心，對於灰熊提出的各式各樣無厘頭問題，她幾乎是知無不言，言無不盡。

龍的勇敢與真誠，化解了灰熊第一次離家的不安與恐懼。一路上，灰熊看到很多不曾見過的動植物，聞到很多奇妙的氣味，有點後悔當那麼多年宅男，把自己困在海綿森林，變成沒見過世面的「鄉巴佬」。

龍大方的跟灰熊分享美味的紅色蘑菇，這種紅色蘑菇很美味，更棒的是，吃了蘑菇後，不會渴、也不會餓，真是神奇的食物。

灰熊大口享用紅色蘑菇，一點也不擔心吃了會中毒。

灰熊和龍在草原上走了

一百多天，終於在清晨時分、太陽還沒升起的時候，走到陸地的盡頭——日出海岸。

天矇矇亮，灰熊和龍踏上岸邊那片鵝卵石沙灘，隱約看見岸邊黑影幢幢，是什麼怪東西？是鬼還是妖怪？灰熊心臟狂跳，龍猛吞口水，幸好他們有彼此壯膽，肩並肩走近一瞧才發現：幾十個高大的龍石像，矗立在日出海岸，面對太陽升起的方向。

灰熊和龍盯著石像群，目瞪口呆，說不出話來。

彷彿經過一世紀的沉默之後，龍說：「我明白了，等一下太陽升起，陽光照到我，我就會變成石像，永遠不朽！」

灰熊說：「長老要你千里迢迢走來這裡，就是為了讓你變成石像？太扯了！」

龍說：「如果不朽是變成眼前這些不能動彈、頭上還堆著一大坨鳥屎的石像，我一點都不希望自己不朽，我不要！」

龍不自覺想往後退，但是後面好像有一堵牆擋住，無法後退。

她試著轉身，也沒辦法！

往前走了幾小步，龍停在滿潮線上，哭著說：「怎麼辦？沒辦法後退也沒辦法轉身，我會變成石像，永遠站在這裡被風吹雨打，可是我不想變成石像，我還有很多願望沒有達成！」

龍的眼淚從臉頰滑落，

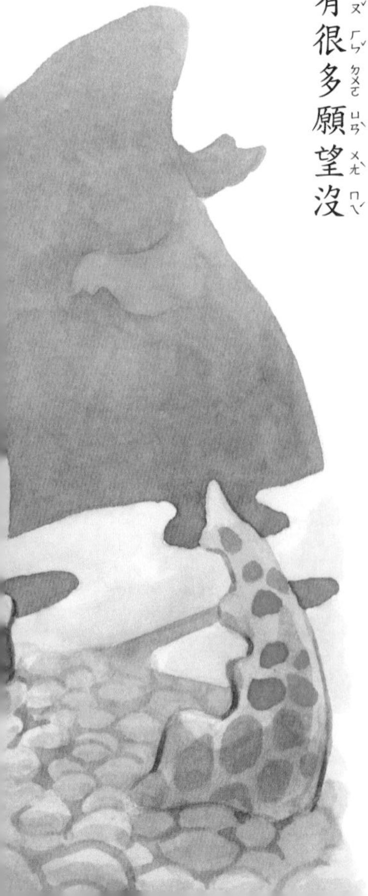

一滴又一滴，滴在胸前的鱗片上，沾到淚水的鱗片，閃出金色光芒，讓灰熊眼睛一亮。

灰熊抓著龍的前腳說：「快告訴我，你被選中之前，鱗片是不是金色的？」

「我的鱗片曾經是整個龍族最耀眼、最燦爛

的金色，但是現在都變成灰撲撲、乾巴巴……」龍的腦袋塞滿了石頭，沒辦法思考。

海與天交會處的天色，漸漸從藍莓轉成柑橘，太陽就要露臉，時間急迫！

灰熊靈機一動，二話不說，三步併成兩步，推著龍往前跑。

龍尖叫著：「我不會游泳！不要推我！」

灰熊不理會龍的吼叫，硬是把龍往海裡推，龍好害怕，既沒辦法後退也沒辦法轉身，她重心不穩，往前摔到海水裡，灰熊順勢把龍往大海推去。

在沙漠長大的龍，沒有泡在水裡的經驗，又驚又急，喝了好多水，眼睛、鼻子、耳朵全都進水，因為嗆水而不斷咳嗽……

龍掙扎著要把頭伸出水面，灰熊卻使勁把龍剛冒出海面的頭壓進海水，說：「快泡進海水裡，讓鱗片吸飽水，也許你就不會變成石像了。」

龍的耳朵、鼻孔都是水，聽不清楚也呼吸不到空氣，感覺自己快死掉了。她撥開灰熊，猛力把頭伸出海面，張開嘴深深吸了一大口氣。

太陽已經彈跳出海、躍上青空，金色光束直射龍的大頭和大臉，龍被燦爛的陽光照得睜不開眼睛，灰熊的話斷斷續續傳進她的耳朵：「快……你……變成……石像……」

「我就要變成石像了！一切都太遲了！」龍被絕望勒緊喉嚨，她閉上眼睛，放棄掙扎，放鬆四肢，想著自己從頭到腳都被陽光照射，變成沉重的石頭，沒入海底，永遠不見天日。

「再見了世界！再見了美好的生命！」龍悲傷哭泣，淚水把海水變得更鹹了。

灰熊舉起前腳遮住刺眼的陽光，看到龍渾身鱗片都變成金色，金光閃閃。他碰觸龍的頭冠和尾巴，軟軟的，沒有變成石頭，「太棒了！我成功了！」灰熊一邊大叫，一邊抓住龍的尾巴，把她拉上岸，看到龍緊閉雙眼，就使勁拍她的臉頰說：「快醒來，你沒有變成石像！」

「我沒有變成石像？我還是我？真是太好了！」龍才說完就哭得稀里嘩啦。

灰熊說：「當我看到你的眼淚滴在鱗片上，灰色的鱗片閃耀出金色的光芒時，就想著把你推入海水裡試試看，俗話說得好，退無可退時，只能硬著頭皮迎向挑戰，對吧？」

灰熊待在龍身邊，等待龍的心情平復，直到兩個都又渴又餓，肚子咕嚕咕嚕狂叫！

灰熊說：「抓幾顆蘑菇來吃吧！」

龍伸出兩隻前腳在空中抓了又抓，沒抓到紅色蘑菇，只抓到鹹鹹的空氣。她說：「我沒辦法再憑空抓出紅色蘑菇來吃，得靠自己找吃的和喝的了。你接下來要去哪裡？想做什麼？」

灰熊說：「我不想再回海綿森林，如果一輩子都待在海綿森林，哪兒都不去、什麼都不做，和被困在這裡的石像有什麼差別？我想到處走走，環遊世界一大圈。你呢？」

龍說：「我得先回沙漠去，告訴龍族『不朽』是什麼，讓他們了解，這樣的不朽不值得他們等待與追求。之後，我會追隨你的腳步，到世界各地探索冒險。」

灰熊開心的說：「地球是圓的，我們一定會重逢。」

灰熊和龍緊緊擁抱，互道珍重再見。

灰熊和龍，從陌生變成好朋友；從不知道你是誰，到後來竟然改變了彼此的生命。

雖然接下來的旅程他們就要分道揚鑣，但是，他倆都知道，好友的祝福與想念，永遠會一路相伴。

灰熊站在原地，看著龍往回走，直到龍變成地平線的一個小黑點，他突然大叫著追上去：「龍可愛，等等我！我跟你一起走，我想去看看沙漠的龍族，看看那些陌生的、沒毛的怪動物，等等我！」

作者說

跨出舒適圈　享受生活的樂趣

每一段友情都是從「陌生」到熟悉；從不知道「你是誰」到改變彼此的生命。

如果「熊英俊」看見陌生的「龍可愛」，沒有受到好奇心驅使，走上前去弄明白，也許會一輩子守在海綿森林當宅男；如果「龍可愛」沒有敞開心胸與「熊英俊」分享祕密，可能沒辦法改變宿命。

離開舒適圈，勇敢面對未知與陌生，生活才會多采多姿。

超馬童話作家

王家珍

出生於澎湖馬公，生肖屬虎，是兩個可愛孩子的姑婆，自稱可愛的「虎姑婆」。

頭很大，買不到帽子，綽號「大頭珍」。

曾經當過編輯與老師，現在專職寫作，期許自己能寫得好，一直寫到老。

黑貓布利：送你一朵皮歐尼

賴曉珍
繪圖／陳銘

「酪梨小姐，生日快樂！」

畫面中，布利送上一朵皮歐尼。但是，這個影像卻愈來愈模糊，尤其是那朵皮歐尼，彷彿被噴霧般，根本什麼都看不到……

唉！布利嘆口氣，睜開眼睛。剛剛的一切只是他腦海中的想像。

酪梨小姐的生日快到了，布利想送她一樣最特別的禮物。

曾經有顧客跟他說，酪梨小姐很喜歡芍藥花，所以甜點店取名叫「皮歐尼」。皮歐尼就是英文芍藥花的意思。

但是，布利沒有看過芍藥花，去花店找也沒有。於是，他請了三天假，想去尋找芍藥花，也就是皮歐尼。當然，這是祕密，不能告訴酪梨小姐，所以他只簡單說要出門旅行。

布利聽說有個地方叫花城，顧名思義，那裡一定種滿了花，而且什麼花都有，包括皮歐尼。

於是，他買了到花城的來回火車票，跳上車，出發了。

這是布利第一次搭火車，也是第一次離開工作的城市。他的心情很興奮，也帶著一絲

緊張，跟當初從貓島第一次出遠門時很像。

火車開了很久很久，但是布利一點都不覺得無聊，因為窗外的風景全是他沒見過的，那些城市、街道、村莊、河流、田野、遠山……對他來說雖然陌生，卻又充滿新鮮感。

到了花城，

下了車，出了火車站，眼前是一個全然陌生的城市，喔不，與其說是城市，花城其實只是一個普通村莊。

該去哪裡尋找皮歐尼呢？布利問自己。

對了，去花店問最簡單。

可是，在這個全然陌生的村莊，花店在哪裡呢？

布利很聰明，轉回頭去問火車站站長。站長說：「往前走，穿過一個大公園，從出口出去後，右轉走大約五百公尺就有一家花店。那位女老闆會很樂於為你服務！」

果然問對人了！布利很開心，背著背包，往公園去。

哇！不愧是花城，公園裡的花好多、好漂亮喔！紅的、黃的、紫的、橙的、白的、粉紅色的……一片繽紛的花海，這麼美的景色，真想跟酪梨小姐分享。

於是，布利拿出酪梨小姐送的手機，拍了很多照片，才心滿意足的離開公園。

布利很快就找到花店。他問花店女老闆：「店裡有賣皮歐尼嗎？也就是芍藥花。」

花店女老闆說：「芍藥花啊，沒有喔！」

「啊，為什麼？」布利驚訝的問：「我剛剛走過公園，裡頭有那麼多花，來你的店裡，也有那麼多花，這裡叫花城，怎麼可能沒有芍藥花呢？」

「因為季節不對呀！」花店女老闆說：「現在是秋天，芍藥花是春天開的，如果你要買芍藥花，還得再等幾個月呢！」

布利一聽，好失望啊！他來到這麼遠的花城，是為了尋找一朵皮歐尼，卻沒有想過，原來每種花都有屬於自己的開花季節。

布利說：「原來季節不對，那我去別處也不可能找到皮歐尼囉？」

花店女老闆點點頭。

她說：「其實，這個季節也有很多美麗的花呀，像玫瑰，雖然已經秋天了，還是開得很漂亮，還有各式各樣的大理花，色彩豔麗，它們都不輸給芍藥花！」

布利搖搖頭說：「我知道這些花很漂亮，可是，它們不是皮歐尼，不是酪梨小姐最喜歡的花。我要買皮歐尼，是想送她一件特別的生日禮物。」

「這樣啊！」花店女老闆雖然很想幫忙，但她不是魔法師，無法變出皮歐尼。不過，她送給布利一盆迷迭香，讓他轉送給酪梨小姐。

「祝她生日快樂！」花店女老闆說。

布利說謝謝，背著背包，抱著一盆迷迭香離開了花店。

這個季節沒有皮歐尼，怎麼辦？難道就這樣回去嗎？還是……

想到這兒，布利伸手摸摸口袋，糟糕！錢包不見了！更糟糕的是，回程的火車票也放在錢包裡。

布利東摸西摸，口袋裡只有手機跟一些蛋糕屑。他想，會不會是剛剛拿手機出來拍照時，錢包掉出來了？

布利趕緊回頭，到公園裡尋找錢包，可是，他將剛剛經過的路來來回回走了好幾趟，就是沒看到遺失的錢包。

這下怎麼辦？他身上沒有錢也沒有火車票，回不去了，這可比找不到皮歐尼還糟糕！

打手機向酪梨小姐求救嗎？不行不行！布利這次出來尋找皮歐尼是祕密，因此她根本不知道布利來到這麼遠的花城，這下很難跟她解釋清楚。

沒關係，布利定下心來仔細想，一定有辦法回去。對了，我去打工賺錢好了，反正我請了三天假，這兩天去打工，就能賺錢買車票回去了。

不過，在這樣一個陌生的村莊裡，布利一個

認識的人也沒有，也沒有人認識布利，他要去哪兒找打工呢？

這麼想著時，他突然看見公園裡有個小販賣部，靈機一動，跑進去問櫃臺的阿姨說：「請問，這裡有需要誰打工嗎？」

阿姨瞪著他看，說：「你是外地來的吧？從沒見過你。好好好，你來得正好，我正需要有人幫我送貨。」

說完，她到冷藏櫃拿出一瓶牛奶給布利，又畫了一張地圖給他，說：「這是『急件』，請趕快送到這戶人家。記得，前院有一棵大栗子樹，很好認！」

「沒問題！」

於是，布利將那瓶牛奶放進背包裡，背起背包，一手抱著盆栽，一手拿著地圖，照著地圖路線走出公園，然後左轉、右轉、直走，再左轉、右轉、直走，果然看見前方有棟可愛的小房子，前院種滿了花，還有一棵大樹。

布利從沒看過栗子樹，但是他猜，一定是這裡沒錯。

他上前敲門，一位奶奶開門出來，問：「咦，你是誰？」

　　布利說：「我是布利，送牛奶來的。」

　　「啊，太好了，牛奶再不來，便來不及做晚餐的甜點了。」奶奶說：「快請進！」

　　布利進了奶奶家，聞到很香的味道，她好像正在做晚餐。布利這才想到自己打從出門後還沒吃東西呢，這麼一想，肚子便咕嚕咕嚕叫起來。幸好奶奶沒聽到，否則多不好意思。

奶奶帶他到廚房。布利放下盆栽，拿出背包裡的牛奶。

奶奶說：「我要做烤布丁，雞蛋跟糖都不缺，就是少了牛奶。烤布丁怎麼可以沒有牛奶呢！」

布利說：「對對對，烤布丁一定要用牛奶，還可以加香草精，或是加可可粉做成巧克力口味喔！」

「咦，原來你也會做烤布丁啊？」

「當然，因為我是甜點大師酪梨小姐的助手哇！」

「太好了，這樣吧，乾脆你來做烤布丁，這樣我就可以專心做晚餐了。」奶奶說。

布利皺起眉頭說：「我是很想幫忙，可是，公園小販賣部的阿姨也許在等我回去呢！」

「沒問題啦，我打電話跟她說一聲就行了。就說，你在我這裡『打工』做甜點。」

「啊，原來這也是『打工』嗎？好好好！」布利猛點頭。

於是，他做烤布丁，奶奶做晚餐，很快便完成一桌豐盛的料理。桌上擺了五副餐具，奶奶請布利留下來吃晚餐。沒多久，奶奶的家人陸續回來了……

咦！原來是車站站長、公園小販賣部的阿姨，跟花店女老闆。

這麼巧，他們竟然是奶奶的兒子、媳婦跟孫女。

布利好開心哪，才剛來到這個陌生的花城，他馬上就認識一家人了。

他不只在這裡吃了晚餐跟甜點，晚上還住了下來。

第二天，奶奶問他：

「你今天有空留下來幫忙

嗎？前院的栗子樹該收成了，我的兒子、媳婦跟孫女工作太忙，沒有時間幫我。」

布利點點頭說：「沒問題，我今天還放假，可以幫忙一整天！」

布利吃過栗子，卻從沒看過栗子果實長在樹上的模樣。原來，栗子果實外型像長滿尖刺的刺蝟，成熟了外殼會裂開，露出裡頭並排的三顆栗子。奶奶說，中間那顆最好吃喔！

採收栗子要戴上厚手套，免得被尖銳的栗子殼刺傷。奶奶一直提醒他要小心，布利點點頭。對他來說，這是陌生但新鮮的經驗，能知道自己吃的東西是怎麼來的，他覺得好有趣！

隔天，布利該回去了，站長送他一張回程火車票。

他驚喜的問：「我的打工費有這麼多嗎？」

站長說：「我是用員工優惠價買的。放心，你的打工費足足超過這張票價！」

奶奶說：「所以，我還要送你昨天採收的新鮮栗子，謝謝你的幫忙。」

布利好開心喔，前天來的時候，他還是個「陌生人」，現在已經跟站長一家成為朋友了。

花店女老闆、也就是站長的女兒說：「歡迎你明年春天再來，那時會有好多好多皮歐尼盛開，要多少有多少。」

布利背起背包，裡頭裝著一大袋新鮮栗子，抱著一盆迷迭香，搭上了火車。

他看著窗外，覺得回程的風景還是那麼美麗，卻不再陌生了。那些遠山、田野、河流、村莊、街道、城市……都是他前天才看過的，布利已經認識它們了。

下了火車，他立刻趕回甜點店。

「酪梨小姐我回來了！」

「太好了！好玩嗎？這幾天你不在，還真想你呢！」酪梨小姐開心的說。

布利放下盆栽，拿出背包裡的那包新鮮栗子說：「這是奶奶送我的栗子，很好吃喔！」

酪梨小姐眼睛一亮：「哇！我最喜歡吃栗子了，尤其是秋天的新鮮栗子。對了，奶奶是誰呀？」

於是，布利將這次到花城發生的事情，一五一十的慢慢說給酪梨小姐聽。

「布利，謝謝你特地為我尋找皮歐尼。沒關係喔，我覺得你帶回來的栗子是意外驚喜呢！這樣吧，我們來做栗子蒙

布朗蛋糕，對對對，今年生日就吃栗子蒙布朗蛋糕慶祝。我也會教你做，這是全新的烘焙課，你要認真學喔！」

布利點點頭。他覺得回來了真好！

那天晚上，他作了一個甜甜的夢，夢見隔年春天，他跟酪梨小姐到花城旅行，拜訪了站長一家人，還看到公園裡盛開一大片的皮歐尼，迎風搖曳。

雖然，夢中的皮歐尼看不清楚，但是他知道，那肯定是全世界最美麗的花！

作者說

陌生 是創造新經驗的起點

每次到一個陌生的城市或國家旅行，出發前我總是焦慮、不安，擔心會不會遇上什麼麻煩問題，或是無法解決的困難。可是，只要一到當地，我立刻就會被新鮮的人、事、物吸引，原來「陌生」與「未知」這麼有趣，而我也看到、學到了許多新事物，因此得到新經驗，並改變了舊觀念呢！

超馬童話作家

賴曉珍

出生於臺中市，大學在淡水讀書，住過蘇格蘭和紐西蘭，現在回到臺中專心當童書作家。寫作超過二十年，期許自己的作品質重於量，願大小朋友能從書中獲得勇氣和力量。

曾榮獲金鼎獎、開卷年度最佳童書獎（橋梁書）、九歌現代少兒文學獎，其他得獎記錄：九歌年度童話獎、國語日報牧笛獎、好書大家讀年度最佳少年兒童讀物獎等，已出版著作三十餘冊。

恐怖照片旅館：隱形的家人

顏志豪

繪圖／許臺育

狐狸巫婆盯著手上的照片，照片上什麼都沒有，一片漆黑，她呵呵笑著：「有時候黑並不是黑，只是因為你陌生。」

有間恐怖的照片旅館，藏在爸爸拍攝的鬼照片裡，吉米三世已經悄悄進出好幾次，並且認識了照片旅館中的兔子小姐。令他害怕的是，他每次進入旅館時，都不知道自己是否可以順利的從照片中，再回到現實世界。偏偏，他每次還是對兔子小姐承諾：會再回去找她。

因為幾次接觸過後，他們似乎成為朋友了。

「我決定週末要去找兔子小姐玩耍，恐怖照片旅館應該有很多好玩的地方！」他暗自下了決定，「我相信她會相當開心。」

吉米三世沉浸在怎樣帶給兔子小姐驚喜的遐想中。

「咦！這是什麼味道？」

吉米三世扭動鼻子，「燒焦味。」

就在同時，他聽到媽媽慘烈的嘶吼聲：「三世，快點出來，失火了！」

「失火！」吉米三世恍然大悟，原來是發生了火災。

他打開房門，外頭的濃煙開始朝房間裡頭瘋狂竄入。

他立刻機警的闔上門，但是濃密的黑煙還是不斷的往門縫裡鑽，瞬間，吉米三世的視線非常模糊。

這時，爸爸大吼：「快點從窗戶跳離房子，否則你會燒死。」他亂了方寸，濃煙使得能見度非常低，屋內的溫度又快速驟升，讓他幾乎喘不過氣來，非常痛苦。

雖然窗戶就在不遠的地方，但是他已被濃煙嗆得有點暈眩，走起路來搖搖晃晃。

「我會不會死在這裡？」他的意識已經有點不清。

就在此時，他的腦子裡出現一道微弱的聲音，「不要丟下我不管！」

「這個聲音好熟悉！」吉米三世的聲音有點虛弱。他猛然想起那是照片旅館裡，兔子小姐的聲音。他不能放任不管，決定搶救鬼照片，否則鬼照片中的照片旅館，還有住在裡面的兔子小姐，全部會被大火吞噬。他做了一個相當愚蠢的決定，他不但沒有立刻逃走，反而是打開房門，往火勢更凶猛的地方去。

「好痛苦！」吉米三世用手帕摀著鼻子，蹲下身慢慢的往客廳前進。

濃煙幾乎嗆得他不停咳嗽，鼻水直流，但是他仍舊不放棄，他必須拯救他的好朋友。

「忍耐一下。」他告訴自己。

但是，他的視線幾乎看不到前方，而他也沒有力氣再往前走了，儘管鬼照片就在他伸手可及的地方。

還是來不及了。

無情的大火，搶先他一步，燒毀所有的鬼照片。

就在此時，他看到了爸爸，吉米三世的眼睛也閉上了。

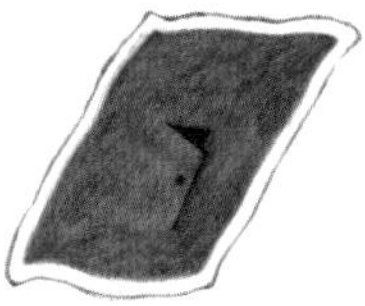

當他醒過來時，已經在醫院的病床上。

「寶貝，你終於醒了，」媽媽的眼淚，掉個不停，「你真的嚇壞我了。」

「媽媽，我們的房子呢？」

「全部燒掉了，」媽媽繼續說著：「我早就覺得客廳的延長線有點問題，正想要換掉，它就電線走火了。」

「不要傷心了，至少我們全家都沒事。」爸爸抱著妹妹，安慰著媽媽。

「但是我們全部的家當都燒毀了。」媽媽啜泣。

「沒關係，我相信我們很快就能再度重建。」爸爸鼓勵著大家。

幸虧爸爸及時趕到，所以吉米三世只有輕微的呼吸道灼傷，如果再晚個幾秒，後果不堪設想。

吉米三世三天後出院。

他跟著爸媽重回老家，房子已經被無情的大火燒得面目全非，倒塌崩壞。

媽媽看見如此慘狀，忍不住又流下眼淚。

「沒關係，相信不久我們就會有個新家。」爸爸安慰。

家裡全部的物品都變成黑炭，只見吉米三世左顧右盼，四處張望。

「你在找什麼？」爸爸問。

「沒有。」

他希望鬼照片能奇蹟似的躲過火劫，就算是

燒成灰，也有灰燼。

但事與願違，吉米三世連一點點鬼照片的灰燼都找不到。

他嗚嗚放聲大哭：「兔子小姐，對不起！」

但是，這件事並沒有困擾吉米三世太久，因為有件事馬上又淹沒了他。

火災過後，左鄰右舍、親戚朋友並沒有袖手旁觀，而是積極幫忙重建吉米的家。

「吉米三世，這段時間我們要借住鄰居家，你就先

住在狐狸巫婆的家吧！」媽媽說。

吉米三世差點眼睛跳樓，嘴巴抽筋。

「誰家不選，為什麼要選狐狸巫婆家？」

「反正你就給我乖乖去，現在媽媽很忙，沒空跟你解釋太多。」

儘管吉米三世百般不情願，不過他還是乖乖聽話。

今天明明是個艷陽高照的好天氣，但是狐狸巫婆的山洞卻絲毫感受不到陽光的熱情。

「你就暫時住這邊吧！」

沒想到狐狸巫婆的山洞裡頭，是由許多小山洞組合而成。

吉米三世的房間，位在入口走到底，左轉第二個山洞，山洞裡面沒有窗戶，顯得更是陰溼。

待吉米安置好行李，打掃過房間後，天色也漸漸黑了。

「吉米三世，快出來吃晚餐。」

餐桌上，白蠟燭微弱的光芒，勉強看得出來盤子上是黑漆漆的魚乾，加上一鍋不知道是什麼東西的黑湯。

吉米三世的胃口盡失，頓時覺得媽媽的手藝真好。

「快點吃，不然等一下就沒得吃了。」

吉米三世強迫自己夾了一塊魚乾，沒想到黑漆漆的恐怖魚乾，竟然如此的美味，真的是魚不可貌相。

身體不會說謊，他動筷的次數愈來愈頻繁。

狐狸巫婆看在眼裡，相當開心。

「你是不是擔心兔子小姐？」巫婆忽然開口說。

吉米三世差點噎到。

「你知道她好不好嗎？」

狐狸巫婆乾笑幾聲，「不急，你乖乖吃完飯，我再用水晶球幫你占卜。」

晚餐過後，吉米三世迫不及待的等待水晶球的回應。

狐狸巫婆念念有詞，一段時間後，她閉眼說：「我只看到一片黑暗。」

「她是不是已經死了。」

「她應該還沒死。」

「真的嗎？」吉米三世喜極而泣。

「你必須自己過去確認。」

「恐怖照片旅館嗎？」

「沒錯！」狐狸巫婆突然瞪大雙眼，害吉米三世嚇了一大跳。

他有點慌張，「可是鬼照片都被燒掉了，我怎麼進入恐怖照片旅館？」

狐狸巫婆呵呵笑了幾聲，「從水晶球上可以看出，鬼照片並沒有完全消失，她正在等著你。」

「可是我沒有鬼照片了，就算有也不一定有入口。」狐狸巫婆從口袋中掏出一張照片，交給吉米三世，照片上沒有任何東西，只是一片黑暗。

「這是鬼照片？」

狐狸巫婆點點頭。

「你怎麼會有？」

「你忘了，我這裡是照相館，我當然擁有各式各樣的稀奇照片。」狐狸巫婆非常驕傲。

的確，這裡充斥著各式各樣的陰森照片。

「但是，這張照片裡什麼都沒有。」

「有，裡面有你。」

「我怎麼進去？」

「那就要問兔子小姐肯不肯讓你進去。」

「沒有門哪？」

「有時候你要先敲門，門就會出現。」

吉米三世對著黑茫茫的照片，敲哇敲，敲哇敲。

叩叩叩，叩叩叩，沒想到照片中傳出開門聲——

門開了。

那是一道看不見的黑暗之門。

這個地方沒有任何陽光，只有黑漆漆的一片。

「對不起，我來遲了，兔子小姐你在嗎？」

「我好害怕。」兔子小姐的聲音顫抖著。

「不要害怕，我在這裡。」

吉米三世在黑暗中摸索，他似乎摸到兔子小姐，不過感覺有點奇怪，他覺得摸到的好像是骨頭。

「啊～」吉米三世嚇壞，立刻縮手，「你真的是兔子小姐嗎？」

「兔子小姐已經死掉了，照片旅館也不見了，這裡不再美好。」

兔子小姐塞給吉米三世那最後一張照片，「快離開這裡吧。」

「你不是想要跟我變成好朋友嗎？不管你變得怎麼樣，你永遠是我的朋友。」

吉米三世不知道哪來的勇氣，其實他的內心充滿恐懼。

「我們對彼此太陌生了，你一點都不了解我。」

「你怎麼會是陌生人，你早就是我們的家人，你共同參與我們家所有的回憶，陪我度過每個時期，是我的隱形家人，只是你在照片裡而已。」

吉米三世鼓起勇氣，在黑暗中，再度伸出手，他想告訴兔子小姐，無論她變成什麼模樣，都是他的家人。

骷髏頭慢慢變成了可愛的兔子小姐。

「不要怕，我的隱形家人。」

「謝謝你一直把我當家人，能認識你是我這一輩子最快樂的事，不過還是請你走吧，你不屬於這裡。」

說完，兔子小姐撕毀照片。

「不要！這已經是最後一張照片了，你會死掉的。」

但一切都來不及了。

「謝謝你當我最熟悉的陌生人。」

最後一張照片消失了，所有關於兔子小姐的記憶也徹底消失。

陽光正好，吉米三世家的新房子在村民的合力幫忙之下，順利完工了。

媽媽準備好餐宴，宴請所有的親朋好友，感謝他們這陣子的幫忙。

吉米三世躺在自己的新房間，盯著天花板，他好開心，不過似乎有一件事讓他耿耿於懷。

他不由自主的盯著桌上的鬼相機，像拼命想要想起什麼事，卻怎麼也想不起來。

作者說

用包容傾聽　打破陌生的藩籬

狐狸巫婆說：「有時候黑並不是黑，只是因為你陌生。」很多事情都不是我們眼睛所能看見，或者想像得到的。

每一個人都有自己的故事，或不讓想讓別人知道的事，唯一能做的，就是傾聽，安靜的聽著他們的故事，然後你們就不再陌生了。

超馬童話作家

顏志豪

臺東大學兒童文學博士，現專職創作。

拿起筆時，我是神，也是鬼。放下筆時，我是人，還是個手無寸鐵的孩子。

FB粉絲頁：顏志豪的童書好棒塞。

王文華

繪圖／楊念蓁

火星來的動物園：我丟掉了

滴鈴鈴，滴鈴鈴，有人報案。

一隻沒見過的小動物站在報案檯下面，使勁的按鈴。

滴鈴鈴，滴鈴鈴。

這隻小動物，看起來像羊，可是沒有角。

野豬警員放下三明治，那是他今天的第二頓午餐：「你是誰？」

「我是花米，我要報案！」

「報什麼案？」

「我丟掉了。」

「你明明就在這裡。」

「我找不到我爸爸、媽媽呀！」

MAP

「那不是丟掉，應該說你失蹤了。」

「我沒失蹤啊，人家明明就站在你面前，你要幫我找出來。」

野豬警員問：「找出你的爸爸、媽媽？」

「或是找到我家。」

野豬警員安心了，走失兒童的案件很簡單，花米是動物，只要帶他回「火星來的動物園」，輕輕鬆鬆就能完成任務，想到這裡，心裡的大石頭放下了，正想一口吞掉三明治，花米哭了。

野豬警員有點慌：「你又……又怎麼了？」

「人家肚子餓了呀！」花米哭得好傷心：「你是個沒有同情心的警察。」

所以，當野狼警察經過值班檯時，花米正在笑：「三明治好好吃哦！」

「這是……」

野豬警員沒好氣的說：「他迷路了，我們快帶他回家！」

動物園大門口有一面地圖，動物住在哪一區，上頭標得清清楚楚。

野豬警員問：「你家在什麼地方？」

花米說：「我如果知道，還會丟掉嗎？」

野狼仔細看看地圖：「請問，你是哪一種動物？」

花米聳了聳肩，他不知道。

野豬拍拍胸膛：「別擔心，動物園不大，很快就能找到你爸媽。」

動物園的大門邊是羊咩咩草原。山羊攀岩，綿羊聊天，大角羊在散步。

野豬警員拉住大角羊，指著花米說：「這是你們丟掉的小羊。」

大角羊看看花米：「沒，沒，沒，我們沒這樣的小羊。」

「明明就很像。」野狼警察說。

大角羊說：「你叫一聲看看。」

花米叫了一聲：

「就～就～就不是我家呀。」

所有的羊都笑了：

「沒～沒～沒錯吧！」

「就～就～就是嘛～」花米又叫了一聲，那聲音果然不像。

野狼看看他：「那麼，花米一定是馬家的。」

馬群正在狂奔，地上捲起一陣灰，得兒得兒跑過他們眼前，野狼和野豬攔下馬爸爸。

野狼說：「你們跑那麼急，是不是走失一匹小馬？」

野豬把花米推過去：「別找了，他在這兒！」

馬爸爸笑了：「喲～他應該去照照鏡子，馬家孩子的臉不短。」

「臉短？」

「馬家的孩子都知道自己臉長。」馬爸爸跑走了，又留下一陣灰。

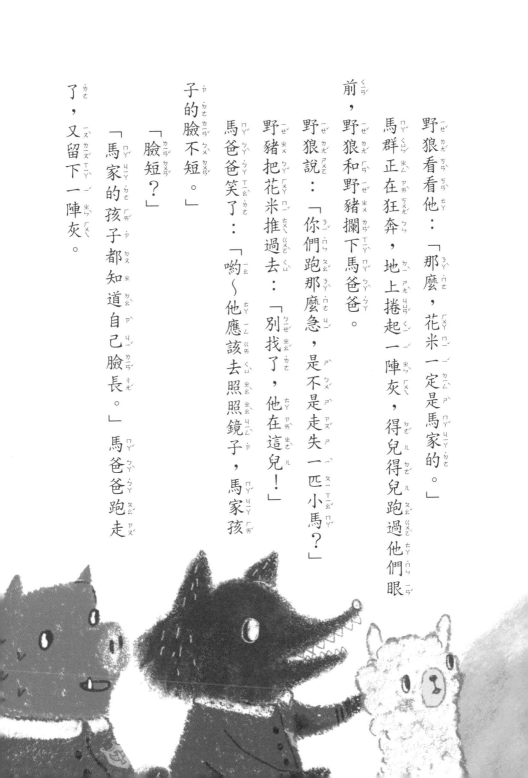

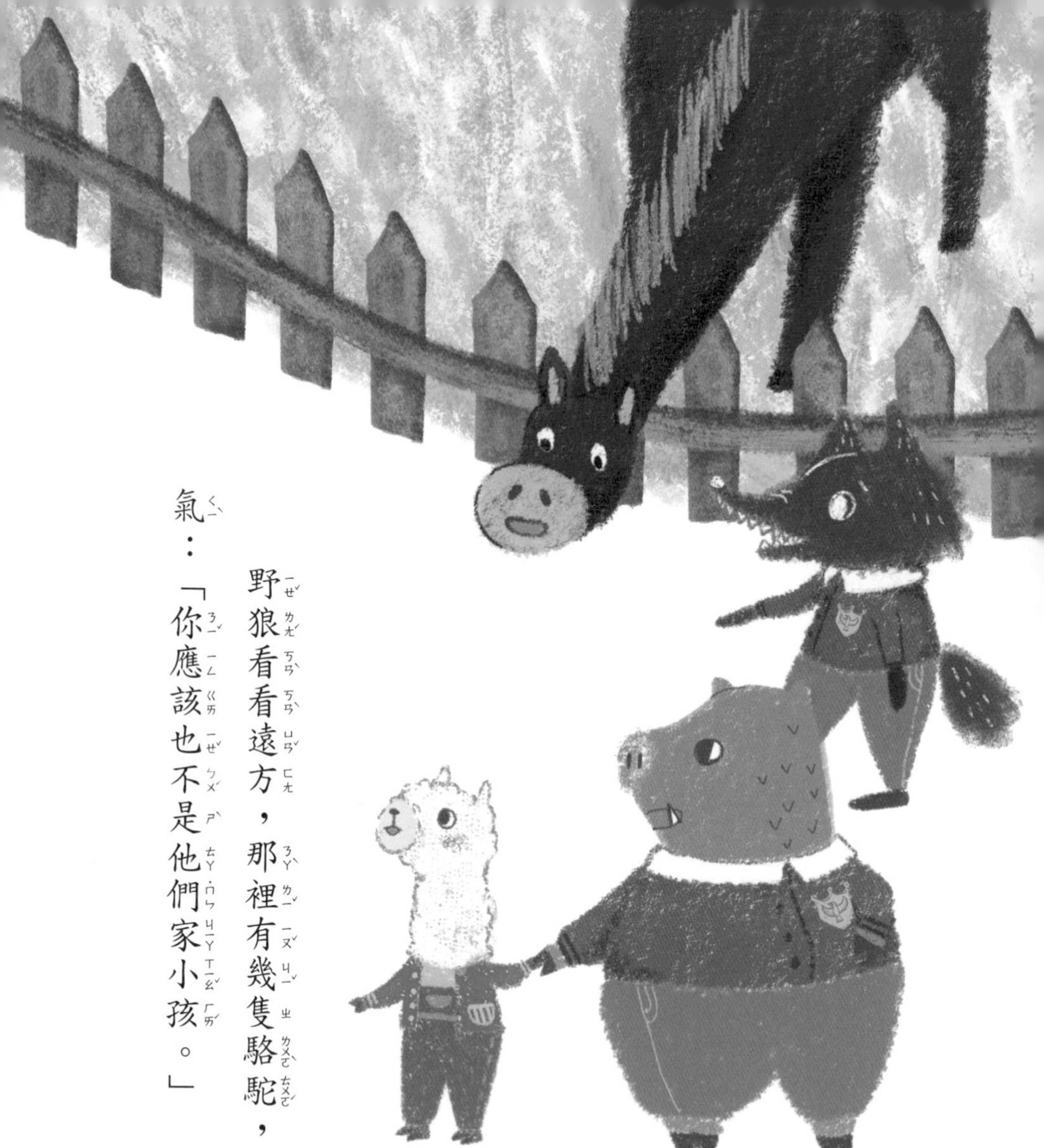

野狼看看遠方，那裡有幾隻駱駝，他嘆口氣：「你應該也不是他們家小孩。」

花米也看看遠方，那裡有幾顆氣球。

野豬搖搖頭：「你更不是氣球家的小孩。」

「氣球很好玩，我好想要一顆紅氣球。」

買了紅氣球，花米開心了，野狼和野豬的錢花光了。

快樂並沒有持續很久，因為花米累了。

「走了一整個早上，我走不動了。」

「快到你家了。」野狼鼓勵他：

「你是勇敢的堅強的有毅力的……」

「人家走不動了啦，人家的腿好瘦好瘦呵。」

野狼不為所動：「自己走！」

哇～花米又哭了：「人家真的好累好累！」

火星來的動物園，遊客多，大家都很有愛心：

「那孩子好可憐。」

「警察先生怎麼不理？」

「看了真讓人心疼啊！」

野狼只好把花米背起來，野豬把最後一個漢堡送給他。

花米吃著漢堡，拍著野狼的頭：「野狼叔叔加油，因為你是最勇敢最堅強最有毅力的叔叔。」

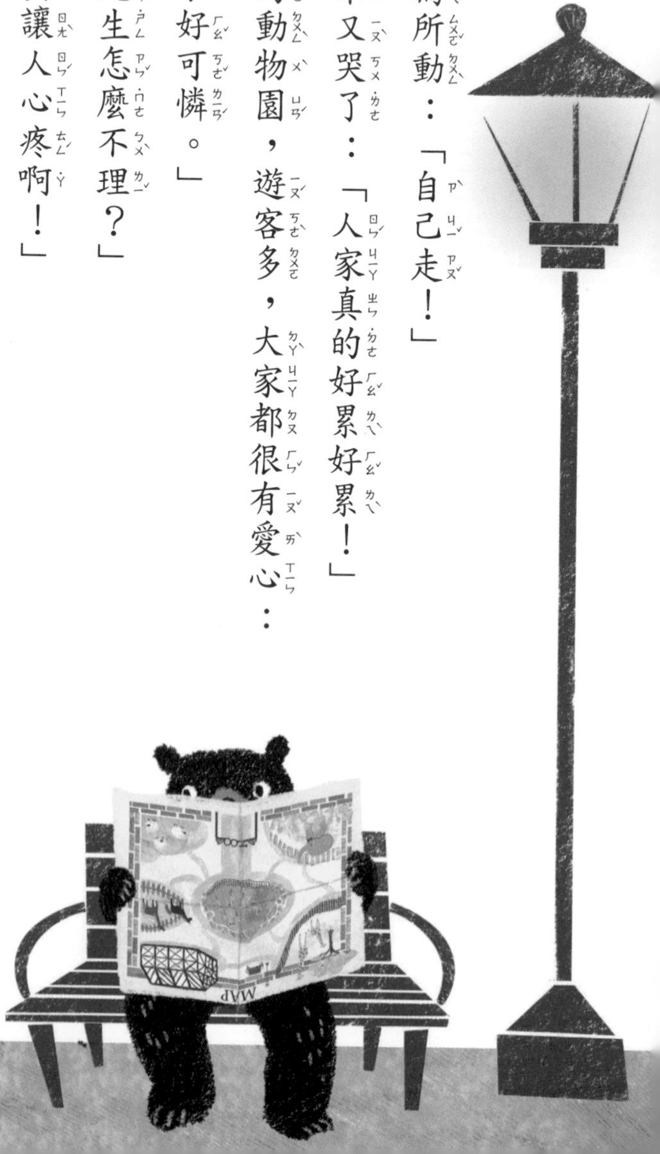

「嗯～」大野狼搖搖晃晃的站起來：「反正……你家快到了。」

說是快到了，其實也還沒，動物園好大，啪！野狼的頭又被重重的拍了一下。

「我要上廁所。」花米喊。

野豬說：「公廁還很遠。」

「所以，你們要快一點哪。」

「快？」野狼警察努力想把腳步跨大，一步兩步三步，平常很近的距離，今天卻遙不可及。

一陣大風吹來。

「氣球！」

那顆剛買的紅氣球飛上了天。

哇！花米又哭了：「人家的……」

野狼和野豬還能說什麼呢？

「你在這裡等，我們去幫你追氣球。」

氣球飄得高飄得快，野狼和野豬追得氣喘吁吁。

它先飄出動物園，經過幾棟大樓，飛過了郊外的草原，愈飄愈遠，愈飄愈高，最後變成了一個小紅點。

「追不到了。」野狼嘆口氣。

「真的追不到了。」野豬終於跟來了，他大口大口喘著氣。

後頭，花米也跑來了，「人家的紅氣球。」

「你乖乖在這根路燈下等。」野狼生氣了：「撿氣球是警察的事。」

「還要跑哇？」野豬警員快崩潰了。

「走吧！」

其實，撿氣球真的不是警察的事，但是聽一個小朋友哭，不管是哪個警察都會受不了。

他們繼續跑呀跑，幸好，飛再高的氣球，總有慢慢落下來的時候。

追著追著，天上的小紅點漸漸變大了；追著追著，氣球落下來了，卡在樹上，再也不飛了。

那是一棵高高的樹。

「狼不會爬樹。」野狼說。

「豬也不會爬樹。」野豬說。

他們說得理直氣壯，一陣風颳掉許多黃葉。

「我們真的不會爬樹。」他們說完，看看四周，想走，但是花米……

花米哭起來很可怕。

野狼想到：「我們跳跳看，說不定可以……」

野豬想到：「我頂著你，說不定可以……」

野狼跳了很多次，其中一次撞到樹。

野豬頂著野狼，努力的把狼頂上去，終於拿到那顆紅氣球。

「等一下拿給他，我一定要這麼說，」野狼的眼睛閃著光：「拿著氣球去找你爸媽，再也別來煩我們。」

「對，別來煩我們了！」

野豬也握緊了拳頭，「氣球給他，帶他回家，任務完成。」兩個堅強的勇敢的有毅力的警察，在夕陽的烘托下，拿著那顆紅氣球，像要出征的勇士。

他們走回那盞路燈，太陽快下山了，花米卻不見蹤影。

「花米，」野狼喊著：「你的氣球撿回來了。」

「他一定自己回家了。」野豬警察吹了聲口哨。

野狼也說：「沒錯，我們終於完成任務了。」

夕陽下山了，野豬打了個哈欠：「回去休息吧！」

他們的背很痛，那是背花米的；腿很痠，那是追氣球的。現在是警察的下班時間，野狼說：「我最不想做的事就是碰見花米……」

「他一定和父母團圓了。」野豬說。

「團圓了就好。」野狼警察說時，心裡緊了那麼一下下。

雖然只是一下下，卻很痛。

他們的任務是要把花米安全送回家。

「要是花米沒有回家，被什麼野狼抓走了……」雖然他自己就是野狼，還是免不了安慰自己：「現在世界上沒有壞野狼，頂多只有壞人……」

「壞人？」一個不好的念頭在野狼和野豬的心裡浮現：「花米要是遇到壞人？」

被壞人賣去馬戲團？

被壞人烤來……

壞壞的念頭讓他們急了，他們跑回動物園，裡裡外外繞一圈。

「花米！」

「花米！」

好多動物都來問：「誰是花米？」

「啊……他就是花米呀。」野豬說。

「他是誰家的孩子啊？」

「啊……他是誰家的孩子啊？」野狼警察看看手裡那顆垂頭喪氣的紅氣球：「他就是長得像羊像馬像駱駝，卻又不是那羊那馬和那駱駝家的小孩。」

「那到底是誰家的小孩呀？」動物們議論紛紛，野豬急忙喊停：「別吵了，還是趕快把他找出來吧。」

動物園的燈全都打開了。

動物們全都出來了。

大家找來找去，找到午夜十二點，還是找不到那隻長得像羊像馬像駱駝，卻又不是那羊那馬和那駱駝家的小孩。

「投降了，不找了！」大象說。

「投降了，不找了！」長頸鹿也說。

野豬看看野狼，野狼點點頭：「你們先去睡吧，我們繼續找。」

「拜託你們也投降好不好？」長長的草叢裡，傳來一陣抗議的聲音。

好多手電筒照過去，竟然是花米。

「你在這裡？」野豬問。

「你們為什麼不投降？只要大家都投降了，我就不用躲了呀。」

「躲？」大家問。

「躲貓貓哇。」花米很生氣的說：「我從沒見過這麼笨的警察，拿著氣球走來走去，再遠也看得見哪！」

「所以，你根本沒有迷路？」野狼問。

花米點點頭，接過那顆快要沒氣的紅氣球。

「你到底是誰呀？」大家問：「怎麼沒在動物園見過你？」

花米從外套裡拿出一枚警

徽：「我是新來的羊駝局長，先來試試你們認不認真，聰不聰明！」

「局長？」所有的動物大叫一聲：「我們的新局長，是一隻像羊像馬像駱駝，卻又不是那羊那馬那駱駝的羊駝？」

作者說　陌生的未知 帶來有趣的遊戲

前幾天，去一所小學演講，老師交代要多帶兩套衣服去，我問為什麼，她說有長官要來考評不同項目，她沒辦法讓家長連來三次，只能請我換衣服，當不同主題的演講者，她拍照用，就像玩扮家家酒。

「家長怎麼辦？」我問。

主辦老師打包票：「他們小時候也都玩過扮家家酒，知道怎麼配合。」

「長官要是看出來？」我擔心。

「長官也有小時候哇……」

這是真實人生才有的童話，於是我幫野豬警員寫了這篇童話。

超馬童話作家　王文華

臺中大甲人，目前是小學老師，童話作家，得過金鼎獎，寫過「可能小學任務」、「小狐仙的超級任務」，「十二生肖與節日」系列。

最快樂的事就是說故事逗樂一屋子的小孩。小時候住在海邊，長大了到山裡教書，目前有間小屋，屋子裡裝滿了書；有部小車，載過很多很多的孩子；有臺時常當機的筆電，在不當機的時候，希望能不斷的寫故事。

國家圖書館出版品預行編目（CIP）資料

超馬童話大冒險 . 6, 你是誰？/ 劉思源等文 ; 尤淑瑜等繪 . -- 初版 . -- 新北市 : 字畝文化出版 : 遠足文化發行 , 2020.06
面； 公分
ISBN 978-986-5505-21-9（平裝）
863.596　　109006065

XBTL0006

超馬童話大冒險6 你是誰？

作者｜亞平、王淑芬、劉思源、林世仁、王家珍、賴曉珍、顏志豪、王文華
繪者｜李憶婷、蔡豫寧、尤淑瑜、陳昕、陳銘、許臺育、楊念蓁

字畝文化創意有限公司
社長兼總編輯｜馮季眉
特約主編｜陳玫靜
封面設計｜許紘維
內頁設計｜張簡至真

出　　版｜字畝文化創意有限公司
發　　行｜遠足文化事業股份有限公司（讀書共和國出版集團）
地　　址｜231 新北市新店區民權路 108-2 號 9 樓
電　　話｜(02)2218-1417
傳　　真｜(02)8667-1065
客服信箱｜service@bookrep.com.tw
網路書店｜www.bookrep.com.tw
團體訂購請洽業務部 (02) 2218-1417 分機 1124

法律顧問｜華洋法律事務所　蘇文生律師
印　　製｜中原造像股份有限公司

2020年6月　初版一刷　2024年8月　初版五刷　定價：330元
ISBN 978-986-5505-21-9　書號：XBTL0006